AF493343

BOSQUE OSCURO

José Hernández González

EDIQUID

BOSQUE OSCURO
© José Hernández González, 2020

Editado por: Corporación Ígneo, S.A.C.
para su sello editorial Ediquid

ISBN: 978-980-7641-90-6
Depósito legal: DC2020001170

www.grupoigneo.com
Correo electrónico: contacto@grupoigneo.com
Facebook: Grupo Ígneo | Twitter: @editorialigneo | Instagram: @grupoigneo

Diseño de portada: Oriana Vargas

Colección: Nuevas voces

DOS TIEMPOS

CAPÍTULO I

Nada extravió su mirada de aquel lugar, impasible y desconcertante, a la expectación de cualquier ser de la existencia. Aquella brisa calma lograba ondear suavemente su cabello y sus manos se posaban delicadamente sobre la textura del suelo, transmitiendo sensaciones de sosiego y de frescura, apoderándose de aquellos ojos que, perdidos en el horizonte extenso, calmo y lejano, irradiaban luz tenue y transparente, extraviando su dolor. Solo una sensación de protección era posible en aquel sitio, una sensación que no podía obtenerse en ningún lugar conocido de este plano.

Tenía un anhelo infinito por seguir posada en aquella playa de piedrecillas oscuras y acolchonadas que descendían de una bóveda etérea de un verde profundo, evocando montañas extensas que capturaban la tentación de permanecer el mayor tiempo posible en aquel sitio, el cual nunca había conocido físicamente, pero percibía de forma tan clara. No podía ser verdad que no existiera, que ella nunca hubiera pisado esa playa, la conocía muy bien, la recorría frecuentemente, la alejaba de todo aquello distinto a la calma, escondiéndola de voces, gritos, dolor y sueños fragmentados. Siempre pensó que aquello era real...

Plano cero.

SIGNOS

¡Cuán frío se había tornado aquel día! La sala de clase se mostraba espaciosa y pocos se atrevían a interrumpir a aquel maestro, de pequeña estatura, que se tornaba robusto en su estructura central; era de rostro rugoso, una cara que se descifraba difícilmente aun cuando se acercaba a cualquiera que lo observara desde algún ángulo de aquella sala lúgubre. El maestro, sin mayor esfuerzo, atormentaba a sus alumnos con preguntas rebuscadas, de respuestas que solo existían en una mente que rozara la genialidad, una que no perteneciera a ese lugar, o por lo menos así lo daba por sentado Daniel, como se llamaba aquel maestro.

—¡Antonia! ¡Otra vez estás en las nubes! —exclamó el profesor Daniel, con rostro severo y una mirada que encajaba un reproche, solo posible en alguien a quien repugnara algo que tuviera frente a sus narices, algún ser impío, no digno de ser mirado siquiera—. ¿Cuántas veces tendré que repetir tu nombre para que prestes atención a lo que te pregunto?

Giró sobre sus pies y esbozó aquella sonrisa que hacía elevar su ego, ganado por los años dedicados a aquellas murallas de desgastado color olivo, las que, por cierto, bajo ninguna mirada estética podían ayudar al desarrollo de la imaginación, pero sí a reforzar la opresión de aquellas palabras secas. Estas palabras brindaban orgullo en lo más íntimo de quien las había emitido y aplacaban los años de frustración en soledad de aquel maestro sombrío, de pensamientos enajenados por las noches, revolviendo sus recuerdos llenos de arrepentimientos por no escapar junto a su amor perdido y por no haberse marchado de esa realidad obtusa y gris que lo envolvía cada segundo de su existencia y que, al parecer, nunca cambiaría.

Con inapetencia, Antonia levantó su cabeza. Su mirada demostraba estar distante y ausente de la sala de clases. Tuvo que esforzarse para volver rápidamente de su viaje habitual, que la ayudaba a desviar por algún momento esa sensación de algo inconcluso en su vida. Señales a medias, como si su existencia estuviera siendo fragmentada y algo le impidiera unir esas piezas y construir una imagen para sí misma.

—Dígame, profesor, ¿qué ha preguntado? No le he escuchado.

El maestro, ya desde su asiento, con una mirada fría que insistía en su fastidio y repulsión por ella o por todos quienes se encontraban en el aula, dijo:

—Antonia, cuéntanos, ¿qué tan lejos puede viajar la luz en un año terrestre?

Antonia decoró su mirada, inclinando levemente su cabeza; guardó silencio, no respondió absolutamente nada.

Ya con rostro severo y mirada fija, Daniel volvió a preguntar:

—¿Qué tan lejos puede viajar la luz en un año?

Nuevamente, no hubo respuesta. Solo un murmullo indescifrable emanaba de los labios de la alumna, que embestía suavidad y rencor, desafiando la distancia entre ambos, como si nadie más los viera o atestiguara ese momento.

La escena se quebró por Antonia. Con tono desafiante y voz clara, arremetió ante la insistencia del maestro:

—¡No puedo asegurar algo que no he experimentado físicamente y que en mi mente creo haber vivido más de alguna vez!

El silencio, nuevamente, tomó el control de la situación, y un suspiro profundo de agotamiento cruzó el aula, preparando la segura malhumorada exigencia de explicación de Daniel.

Un violento sonido destruyó aquella intención, la complaciente campanilla de término de hora había aparecido puntualmente, como cada día, dibujando sonrisas en algunos de los alumnos, mientras en otros simplemente provocó el despertar de su aletargada simulación de aprendizaje.

—¡Antonia! Mañana espero una mejor respuesta en su examen, el que ha ganado el día de hoy para usted y todos los demás miembros de la clase. ¡No me miren así, agradezcan a su ingeniosa compañera!

Una sonrisa plagada de burla invadió el rostro del profesor, quien tomó asiento, mirando cómo se retiraban los alumnos entre reclamos.

Antonia solo escuchó el murmullo y reproche final de sus compañeros. Ya desde lejos, sus pasos la liberaban de ese lugar y le daban dirección hacia la calle.

. . . |M| . . .

Talca era una pequeña ciudad de clima mediterráneo, o por lo menos eso era lo que decía Wikipedia al teclear su nombre, lo que contrastaba con la imagen que tenían ya desde hacía algunos años sus habitantes. El cambio climático había ya hecho mella en su añorado buen clima: los días se tornaban cada vez más escarchados en invierno y en verano no existía la posibilidad de transitar por sus calles sin ser víctima de insolación. Sus céntricos ventanales reflejaban la niebla envolvente y húmeda, que persistentemente, año tras año, se atrevía a traspasar los límites del invierno de forma amenazadora, detenidos siempre por el florecer de los grandes aromos que adornaban la ciudad; estos, fatigados por los rayos del sol en verano, abrazadores, no daban tregua a los transeúntes que se aventuraran a cruzar sus calles por algún desafortunado e impostergable trámite, o simplemente por su yugo laboral, que los obligaba a tolerar camisas que marcaban sus siluetas a lo lejos y transparentaban sus figuras desde cerca. Ese era el hogar que Antonia siempre había conocido, o por lo menos el que recordaba desde siempre. Hoy era un día de invierno frío, con demasiada niebla y poca brisa, que se presentaba solo en algunas esquinas, calando en sus mejillas y sus parpados, que no se aventuraron ese día, como era costumbre, a mirar más allá del horizonte de su bufanda, guiando sus pasos solo con el propósito de no caer.

—¡Anto, Anto! Espera, no camines tan rápido... ¿o qué? Tienes prisa de llegar al claustro. ¡Espera!

No se detuvo ni dio aviso de recibo de esas palabras, desconociendo que eran dirigidas hacia ella. Carlos avanzó, de igual forma, hasta darle caza, tratando de calmar su respiración, ya que el buen estado físico no era uno de sus atributos. Por el contrario, su baja estatura y delgadez demostraban más bien esquivar los esfuerzos corporales.

—Anto, ¿cómo salió tu día? ¿Sabes?, yo creo que el mío fue magnífico, nuevamente demostré que soy el mejor en Historia.

Sus preguntas seguían, sin esperar respuesta, y su diálogo se transformaba en un monólogo.

—Yo creo que saliendo de esta esclavitud escolar viajaré a Europa, para estudiar el arte monolítico de las antiguas civilizaciones y explorar la antropología de las tribus de Europa, las primeras que poblaron el continente. El oriente de Rusia está muy poco estudiado... ¿Anto? ¿Me estás escuchando? ¡Antonia!

Carlos se detuvo y miró, con asombro, cómo se alejaba de su camino habitual al centro de familia en el cual compartían hospedaje y hogar hacía ya muchos años, tantos, que ya no sabían bien cuándo se habían conocido exactamente. Volvió a correr y gritó:

—¡Anto! ¿Qué te ocurre hoy? Siempre me escuchas o disimulas hacerlo, pero nunca me ignoras tanto como para dejarme caminando solo.

Antonia por fin se detuvo y giró su mirada hacia él, suavemente, sin mover su cabeza.

—No he pedido que me acompañes —susurró—. Quiero estar sola, no necesito de tu compañía.

—Pero, Anto, sabes que debemos ser puntuales en la hora de llegada desde nuestras clases al hogar. Tú sabes que la custodia es muy estricta y nuevamente te castigará si no llegas para la cena.

Las palabras de Carlos resonaron, alarmantes.

—No he pedido tu opinión o que me cuides. Solo vete y déjame sola, no soy tu amiga, te lo he repetido mil veces.

Antonia lo replicó sin alterar su voz, más bien en forma suave, pero clara. Carlos la observó detenidamente, con signos de exclamación en su rostro y detalló en su mente cómo ella se alejaba, ignorando sus palabras. La siguió a distancia, tratando de explicarse por qué era tan terca, sin comprender cómo una chica podía ser tan oscura en su vida diaria, demostrar tanto dolor sin motivo mayor al que todos ellos sufrían en ese lugar: ser hijos sin padres conocidos o con domicilio permanente para ser ubicados. Tomó impulso para seguirla y se insultó por ello, por tratar de ser su amigo, pero él ya sabía cuál era la razón: le encantaba su mirada, ojos oscuros y negros profundos que habitaban la atmósfera de su imaginación o de todo lugar conocido por él. Su figura ya se dibujaba a cierta distancia de él y aun así se sometía a su mirada, encadenándolo a seguirla.

Era una chica atractiva, sin duda, de pelo oscuro recortado en forma de melena, terminado en puntas desiguales que surgían de pronto entre las brisas que rodeaban sus pensamientos, de mediana estatura y frágil apariencia, pero de decidida energía cuando se enojaba. Esa era Antonia, quien nunca había reparado en él.

Carlos finalmente observó que ella detuvo sus pasos, en el centro de una pequeña placeta con árboles altos y delgados, ya casi sin hojas, luciendo sus esqueletos, casi avergonzados. El lugar se encontraba a tres cuadras del hogar donde ellos trataban de sobrevivir. Porque era sobrevivencia, no vida; por lo menos eso decía Carlos en su mente todos los días desde que tomó conciencia de su existencia. La luz invernal apenas reflejaba la silueta de Antonia, difuminada en la niebla del día y la bruma del atardecer, resultando una imagen espectral que invitaba a descifrar sus siguientes pasos.

Un murmullo coreado por la casi nula brisa de ese momento atestiguó cuando ella cayó al suelo, azotando sus rodillas, sin miedo, sobre la gravilla, mezcla de barro y huellas de pasos ajenos. Sus manos no tardaron en cubrir con sus palmas el suelo gravillado, enroscando sus dedos de forma poco natural, simulando más bien garras de algún ave rapaz sobre su presa de caza. Carlos se detuvo de golpe y observó cómo la melena de Antonia se apoderaba de su rostro, ocultando todos sus rasgos y sus ojos, imposibilitando a su mirada huir a lugar alguno. El silencio ahogó ese momento, y todo se detuvo a su alrededor. Un grito emanó de Antonia, desgarrador y sin pausa, poseyendo todo el lugar, mostrando angustia y desesperanza, dando testimonio de un dolor no conocido, al menos por Carlos. Trató de acercarse lo más rápido posible, pero con sigilo, como temiendo interrumpir aquella disonancia en la voz de Antonia. Se sentía abrumado y confuso por lo que sus ojos presenciaban a solo unos pasos de distancia.

...|M|...

Dos violentos golpes hicieron eco con un ruido áspero, retumbando en la mente de Antonia, que cubrió sus oídos de forma automática; seguidos de un viento veloz y fugaz, ello se apoderó de la silueta frágil, apenas visible, producto de la penumbra que la rodeaba. Nada existía a su alrededor, nada insinuaba moverse siquiera, todo sucumbía ante la mudez casi palpable de aquel momento, solo una ventisca húmeda destruyó la monotonía gris de aquel instante.

Al fin, Antonia, con un movimiento suave, abrió sus ojos, dirigiendo su mirada desde el suelo hasta el nivel de su propio rostro, miró hacia su costado derecho e izquierdo de manera rápida, sin girar demasiado su cabeza, nada observó, no logró distinguir ninguna figura en la penumbra. Vertiginosamente, un dolor pulsante atravesó todo su cráneo, como si un millón de agujas fueran disparadas desde el interior de su cabeza y buscaran desesperadamente la forma de salir, rebotando contra su cerebro. Trató de gritar, pero no podía emitir sonido alguno. Su boca se encontraba abierta en toda su extensión posible, el aire se tornó caliente y pequeñas chispas de fuego color azul comenzaron a rodearla, formando un remolino ascendente, cerrando una corona de forma delgada a varios metros sobre su cabeza, pero no sentía calor y aun no podía gritar ni moverse. Su entorno ahora era color azul oscuro y la penumbra continuaba a su alrededor. Sintió ahogarse, asfixiarse… su vida se extinguió lentamente ante sus ojos, hasta ya no reconocer nada, todo desapareció, su conciencia de sí y su ser también.

…|M|…

La habitación era fría y la cama no estaba tan cómoda como se supone que debería ser para alguien que repone tan precario estado de salud mental, como era el caso que evidenciaba la ficha clínica, «Crisis de pánico», que se encontraba a los pies de lo que parecía ser una camilla hospitalaria.

Antonia fue acostumbrando su vista contra el reflejo cegador de la mañana, que se permitía entrar de golpe por la ventana de la habitación. Una figura pequeña, pero familiar matizaba la luz a un costado de ella. Era Carlos, quien se acercó y dijo suavemente, ya de pie a su costado:

—Vaya, gigantesco susto que me has dado.

Su voz era de alivio, con pequeñas notas de tristeza y alegría. Antonia ya descifraba su figura, lo miró y dijo:

—Gracias por estar a mi lado… ¿Qué pasó? ¿Por qué todo estaba oscuro? Esos golpes… ¿los escuchaste? Los ruidos, ¿qué fue todo eso?

Carlos guardó silencio y escuetas palabras salieron de su boca.

—Solo recupérate, ya habrá tiempo para charlar y comentar lo sucedido. El doctor dice que si te relajas ya estarás mañana afuera de acá, pero debes hacer caso a las indicaciones y medicamentos.

Antonia lo miró fijamente a sus ojos, casi con dulzura, y trató de tomar su mano, cuando reparó que se encontraba amarrada a la camilla, su rostro instantáneamente reflejó desesperación. Carlos advirtió el grito interno de auxilio de su amiga y dijo con melancolía, tomando su mano con fuerza:

—Han sido días duros para todos, esperando que reaccionaras y yo sentí que…

—¡Días! —lo interrumpió Antonia—. ¿Cuánto tiempo ha pasado desde que me trajeron a este lugar? Siento que fue solo hace algunos minutos —Carlos guardó silencio—. ¿Qué ocurre, Carlos? ¿Por qué no me dices qué es lo que pasa? Por favor, cuéntame qué ocurrió, debo saberlo —sentenció, con tono enérgico, Antonia.

Carlos siguió en silencio, pero hizo una mueca con su boca hacia un costado, adelantando la presencia de otra figura que estaba hacia la puerta. Antonia dirigió su mirada y descubrió la presencia de la directora del hogar donde ella subsistía, junto a su amigo, desde que era una niña.

—¡Hola, Antonia! Veo que ya hablas con coherencia y que tus mejillas ya tienen cierto color *humano*.

La directora era una mujer delgada, de figura atlética, que alcanzaba el metro setenta fácilmente. Vestía sobriamente con trajes que no siempre eran acordes a su cargo de dirección de un centro de menores. Su elegancia y el demasiado ajuste a su cuerpo brindaban una imagen no fácil de ignorar.

Aparentaba algo más de cuarenta y algo años de edad, aunque ya se sabía que cargaba sobre sí cincuenta inviernos. Gustaba de hacer yoga todas las mañanas, muy temprano, y de trotar por las tardes cuando el tiempo se lo permitía. Trabajando, imponía un cuerpo atractivo a los ojos de cualquier hombre. Su rostro era brillante y de sonrisa amplia, marcada a rabiar con delineador de color rojo intenso, que hacía juego fácil con sus grandes anteojos, los cuales ocultaban su mirada fría ante los demás. En realidad, distaba mucho de la imagen de alguien que dirigía un centro de menores.

—¿Sabes?, nos diste un gran susto, así que debes volver lo más pronto a nuestros cuidados. No queremos que los médicos piensen que te tenemos abandonada a tu suerte, ¿cierto?

Esbozó una sonrisa que solo podría significar ternura ante los ojos de quien no la conociera, pero Antonia y Carlos sabían sobradamente que ese no era el caso. Aquella mujer era severa y odiaba que la alejaran de sus labores diarias, esto traería consecuencias.

—Como usted diga, directora Claudia —asintió Antonia, con desgano y temor.

Carlos cerró sus ojos y tomó asiento en un sillón, desmejorado y carcomido por el tiempo, al costado de la camilla; rebotó suavemente su cabeza contra la pared y pensó en lo angustiado que se sentía en ese momento porque a su compañera, a su amor inconfesable, nada bueno le esperaría en su regreso. Todo era extraño y no entendía lo ocurrido y él había sido testigo de ese día oscuro. Solo quería pensar que la extraña penumbra y la imagen de fuego azul que rodeó a Antonia había sido producto de su imaginación, pero él sabía muy bien que la realidad distaba mucho de eso.

...|м|...

HORIZONTE

Exigió al máximo su mirada, pero aún así no lograba distinguir claramente los objetos que se visualizaban en el horizonte. La Patagonia se mostraba mezquina, con sus siluetas lejanas a los ojos de la raza del hombre, quien a pesar de ello siempre la siguió visitando, cual imán con los metales.

Lars siguió representando las siluetas, y poco a poco cerró sus ojos de color oscuro profundo, ahora solo el viento severo rozaba su rostro. Extendió sus brazos, tomó todo el aire que pudo y, enérgicamente, inclinó su rostro hacia el manto azul y eterno de la Patagonia, y una leve sonrisa se dibujó en su rostro, seguida de un largo grito casi gutural que emanaba de sus jóvenes pulmones:

—¡Sí! ¡Acá me tienes, Patagonia! ¡No me quitarás el derecho de tomar tu cuerpo y descubrir en ti todo lo que me tienes que contar! ¡Sí!

Solo hubo dos testigos de aquel acto: su mochila estilo campaña militar repleta de instrumentos para estudiar artefactos de tipo arqueológico, y su vehículo, un Suzuki Samurái color rojo, año 1993, adaptado por sus propias manos, listo para avanzar por caminos y huellas inaccesibles para vehículos comunes, adquisición que le había costado todos sus ahorros postuniversitarios.

Tras varios días deambulando en diferentes puntos de estudios, previamente planificados en sus análisis teóricos, finalmente fijó su mirada incrédula en una pequeña plataforma constituida por pequeñas rocas lisas de forma rectangular a nivel del suelo patagónico, cubierta por la estepa típica de esas tierras resistentes al frío y a violentas ráfagas de vientos. La plataforma marcaba alrededor de cuatro metros cuadrados, formando un cuadrado prefecto, según sus propios cálculos.

—Extraña formación esta. Espero me muestres mucho más de lo que me costó encontrarte... ¡eso espero! —reafirmó, con una profunda expulsión de aire desde su nariz.

...|M|...

—Antonia, entiendo que tus visiones o sueños giran en torno a figuras de animales, ¿eso es? Como aves de color oscuro y que se posan sobre la luna y luego la traspasan como si fueran fantasmas, ¿espectros?

—No, doctor, ¡usted no me escucha! No es eso lo que veo en mis sueños, ¿qué sentido tiene volver a explicar esta historia si no dejaré de soñar? —gritó Antonia, con clara angustia en su voz—. Usted no sabe, ni sabrá, lo que siento. No entiendo por qué la directora me somete a su opinión de psiquiatra, si no estoy loca. Pero esto tiene arreglo: no asistiré más a su consulta, la verdad. ¡No la necesito! —esta vez su voz final fue suave.

El psiquiatra la miró alejarse de su box. Él, con más de cuarenta años de trayectoria y oficio en el rubro, estaba acostumbrado a reacciones similares solo suspiró, miró su reloj, acomodó su pelo totalmente canoso, arregló sus anteojos, llamó por el intercomunicador a su secretaria y le pidió que pasara el siguiente paciente, sin rastro de hacer esfuerzo alguno para que Antonia volviera a su diván. Quizá no merecía su atención o simplemente existían otras historias de mayor interés para el psiquiatra que las de una residente de un hogar de menores.

Antonia dirigió sus pasos hacia una gran alameda que se encontraba en el centro norte de aquella ciudad tan agobiante para sus sensaciones, caminó entre sus árboles y finalmente escogió uno para apoyarse y sentarse de espaldas a él, entre sus raíces que simulaban un nido. No sabía qué hacer, cómo retomar su vida después de aquel extraño momento. Sentía como deber alejar esas extrañas visiones que la acompañaban en su sigilo nocturno. Su agotamiento físico era evidente, su rostro demostraba cansancio, angustia, dolor y depresión, pero el brillo de sus ojos jamás la abandonaba, y la profundidad de su mirada era su entrada a cualquier lugar al que dirigiera sus pasos.

—¿Qué significan esas imágenes? Creo que me estoy volviendo loca, porque solo yo veo eso, ¿por qué yo?, si no estoy dormida.

El llanto de Antonia se evidenció entre los transeúntes, que a esa hora ya eran pocos. El frío era dulcemente envolvente en esa época del año, pero nunca invitaba a paseos por aquel lugar.

—Nuevamente sola y con lágrimas en tus ojos… —exclamó Carlos, quien recién había llegado a su lado, esta vez casualmente, o eso por lo menos trató de simular—. No entiendo tu afán por ser tan dramática en tu vida, debieras tratar de ser como yo, totalmente positivo y avanzando, dejando atrás todo lo que no me sirve —Carlos sabía que esas palabras no ayudarían en nada, pero fue lo único que se le ocurrió decir. Su repertorio ya estaba agotado, no sabía cómo levantar el ánimo a aquella chica, que día a día se vestía de mayor soledad.

—¿Hasta cuándo me seguirás?, ya te he pedido muchas veces que me dejes sola, es a mí quien la directora regaña y castiga, no quiero que tú seas parte de cada castigo, no te debo nada y no quiero que estés cerca —Antonia sonó convincente dentro de sus sollozos, producto de sus lágrimas.

—Está bien, si así lo quieres, cumpliré tu deseo. Claro que no podrás saber lo que averigüé de tus visiones y tus imágenes… En fin, te dejo. Adiós —Carlos se incorporó, dio media vuelta sobre sus pies y dirigió sus pasos lejos de ella.

—¡Carlos! ¡Espera, detente! Ni se te ocurra dejarme acá, sola, con lo que me acabas de decir. ¡Vamos, no seas orgulloso! Detente y dime qué averiguaste, a ver si haces algo bueno alguna vez en tu vida, aparte de espiarme —Carlos apretó sus puños y contuvo sus ganas de enrostrarle que, aparte de él, a nadie más en este plano le importaba la existencia de ella. Se detuvo y giró, su mirada fue de decepción y movió su cabeza gesticulando de forma negativa.

—Con esas palabras, ¿cómo no ayudarte? —expresó con ironía, y continuó diciendo—: Tus tres plumas negras pertenecen a un ave del sur del continente americano, precisamente al continente antártico, pero son de otra época demasiado lejana a la nuestra —Carlos guardó silencio unos segundos y preguntó con rostro serio—: Dime, Antonia, ¿has estado jugando conmigo? Hace algún tiempo te conté que me gustaba estudiar culturas antiguas y ver su cosmovisión y rol en el planeta, ¿inventaste todo esto para molestarme?

—¿Qué diablos dices? ¿De dónde sacas esas tonteras? No debí perder el tiempo contigo —Antonia mostró en su rostro desgano y frustración hacia Carlos.

—Pero si el ofendido debiera ser yo, ¿cómo se supone que confíe en ti y te ayude si tú mientes? —esta vez las palabras de Carlos fueron y sonaron severas—, ¿cómo es posible que puedas decir ver o imaginar un ave extinta hace millones de años, que nunca pudo ser vista por ningún humano de nuestra era?

Antonia lo miró con incredulidad, y le preguntó, mirándolo fijamente, como escudriñando algún eco de juego en sus palabras:

—Dime, Carlos, ¿por qué crees que esas imágenes son de un ave extinta y del continente antártico?

Carlos sonrió.

—Está bien. Te seguiré el juego y te explicaré, pero espero no te burles de mí, o si no te mato, ¿okey?

…|м|…

El frío conjugaba demasiado difícil seguir trabajando, la brisa de la estepa magallánica siempre había calado hondo los huesos de todo aquel que se atrevía a cursar alguna aventura en sus parajes, pero Lars Johnson García estaba determinado a seguir adelante. Ya había proveído la luz artificial para trabajar en doble turno, él sabía que no podía retrasar su investigación, pues los recursos no eran muchos y, a pesar de haber ahorrado durante mucho tiempo para lograr su objetivo, el costo de su estadía y los viajes de preparación le asignaron un déficit importante en sus arcas personales. Lars provenía de una familia acomodada que profundizó sus raíces y vidas en Centroamérica, siendo hijo de padre inglés y madre chilena, que se conocieron gracias a su trabajo académico y científico, orientado en la biología marina del Pacífico Sur, que desarrollaban para el instituto oceanográfico de cambio climático, amparado en la subvención de diferentes programas gubernamentales, especialmente recursos británicos. Los padres de Lars solo estuvieron un corto tiempo con su hijo, debido a una tormenta sin precedentes ocurrida en pleno proceso de investigación, que logró hundir su barco y nave nodriza de investigación en las costas de Perú. Jamás existió señal alguna de los cuerpos, o vestigio de su embarcación, que contaba con toda la tecnología disponible para la época, pero ningún localizador GPS dio con datos exactos del naufragio. Desde entonces, la familia paterna de Lars se preocupó de su cuidado, entregando apoyo económico y siempre confiando en los cuidados de su abuela materna, asentada a sus sesenta años en el hogar que lograron construir en su corto matrimonio su joven hija y yerno. Ella era una mujer dulce y simple, escritora autodidacta en su arte, la cual orientó el crecimiento de su nieto lo mejor posible, en su pequeño hogar constituido solo por ellos. Logró inculcar el amor hacia la cultura y el arte en el pequeño, iniciando largos viajes a través de los parajes de Guatemala (siempre viajando ellos solos), país que despertó en el interior de Lars su pasión por investigar y descubrir todo lo desconocido para el hombre contemporáneo. Siempre se sintió cerca de sus padres cuando visitaba alguna antigua ruina maya o de alguna civilización ya extinta, como emulando sus ansias de investigación y satisfacción del lograr el conocimiento Ya finalizados sus estudios universitarios, se trasladó a Santiago de Chile, lugar donde cursó su postgrado de arqueología, principalmente por su tesis sobre la existencia de civilizaciones patagónicas de mayor tecnología social y datación de antigüedad que las descritas por los libros de investigaciones tradicionales, un desafío difícil de acreditar, pero estaba empeñado en su idea, que sustentaba solo por su fuerza interior, ya que no existía evidencia alguna sobre su idea que se considerara seria. Este punto lo atormentaba, ya que traicionaba su pensamiento científico, pero su instinto le decía que estaba en la senda correcta.

—No logro entender estos signos, no se relacionan con ningún tipo de evocación o pintura rupestre de esta latitud. Debo obtener más información sobre esto, pero es ridículo, estos signos no tienen orden cronológico u orientación religiosa, no guían rutas de viajeros, no entiendo cómo es posible que estén sobre esta plataforma sin nada alrededor que evidencie alguna ruta o templo... Esto me supera, necesito certezas, no puedo seguir así, ¡maldición! —Lars establecía, ya hacía varias semanas, este monólogo, y no había señal de disminuir su intención de seguir charlando solo en aquella madrugada en plena Patagonia chilena.

—No entiendo: este signo circular trata de formar una espiral, pero no supera la segunda vuelta... —de pronto, su voz se apagó, provocando un silencio total y absoluto, casi aplastante a los sentidos. Pensó, en silencio y casi susurrando en su mente, «¿por qué no se escucha el viento?».

No movió músculo alguno, tampoco giró su cabeza, pronto descubriría que ya no era por su propia voluntad, sino producto de un gélido control ajeno a su mente. Algo impedía que lograra mover su cuerpo, y con cada segundo su rostro concedía una imagen de pánico representada por sus ojos, los únicos aparentemente libres de cualquier control involuntario. Sintió ya no respirar, sintió su corazón detenerse y una brisa envolvente que podía calar los huesos de cualquier ser existente sobre la faz de esas tierras. Una luz cruzó su cabeza de atrás hacia adelante, abandonando su frente en forma de rayo, fugaz y de corto diámetro, color azul violeta y puntas sin inicio o término aparente. Lo rodeó un entorno cubierto de llamas claras color violeta que dibujaban una circunferencia perfecta, que se definía en una oscura y profunda Patagonia, marcando la perfección en su diámetro, pero sin marcar término en su altura. Solo existía un dolor profundo indescriptible a los sentidos, que aún respondían a su cuerpo. La única sensación que logró dimensionar no cruzó pensamiento alguno, y todo se desvaneció a su alrededor. En los pocos microsegundos restantes de consciencia creyó sentir el abandono de su cuerpo, el trascender de su ser, su energía. Sentía que en ese instante moría.

Antonia miró su silueta con algo de lucidez por última vez en un espejo empotrado en la pared y corroído por el tiempo. Observaba que su apariencia se alejaba mucho de ser algo glamoroso, pero le bastaba para los fines que se tramaban en su mente: seducir al portero de aquel edificio y pedirle que la llevara al patio a respirar algo de aire, y quizás algo más, junto a él, por lo menos ese era su plan. Así, cubierta en el vigilo de la noche, podría huir con mayor sigilo y cubrir sus pasos de las cámaras que custodiaban secretamente a los ojos de los residentes.

—¡Ya puedes soltar ese timbre! ¡Que ya lo puedes soltar, te escucho perfectamente! ¡Basta! —esos fueron los gritos del enfermero, un tipo de tez blancuzca tallada por el trabajo nocturno y los largos turnos que lo escondían del sol diario en aquel sitio. Medía uno setenta, aproximadamente, y su peso no debía exceder los ochenta kilos, según los cálculos de Antonia. Era perfectamente abordable para ella

—¿Qué quieres? ¿Por qué te empeñas en cabrearme? ¡Eres una mocosa insolente! —Antonia lo esperó al borde de su camarote, al fondo de la habitación, lo miró y sonrió.

—¿Sabes?, necesito algo de aire, me siento ahogada —su voz se escuchó suave y tranquila—. ¿Crees que me podrías llevar al patio de este lugar unos minutos?, a ver si logro despejar algo mi mente… Nadie tiene por qué saberlo. Necesito de la compañía de alguien en un espacio con aire puro, y pareces perfecto —fue abiertamente insinuante, cuidó de no exagerar demasiado.

El enfermero la miró fijamente y esbozó una sonrisa irónica y perversa, abrió la puerta con la tarjeta magnética colgada a su cinturón y entró rápidamente.

—Es demasiado antiguo ese truco, me tomas por algún enfermo o estúpido. No hay forma de que salgas de este lugar, al menos por esta noche, pero quizá, si eres buena conmigo aquí en tu habitación, podría dejarte salir mañana por la noche un momento.

Antonia cambió el perfil de su rostro y, sin saber cómo o por qué, una energía brutal tomó posesión de su cuerpo, facilitándole realizar un salto sobre el cuerpo del enfermero, impulsándolo y golpeando violentamente su cabeza sobre en el filo de la puerta. Solo una mancha de sangre brotó abundantemente, producto de aquel acto.

Antonia no miró hacia atrás. Sintió la misma energía que la rodeaba cuando sus visiones se apoderaban de ella y todo se oscurecía profundamente a su alrededor. Su respiración era muy fuerte y su corazón parecía abrirse camino en su cavidad torácica. Miró hacia adelante y recorrió el pasillo estrecho y alargado con abundante iluminación del tercer piso de aquel edificio. Cuando llegó a la puerta, cayó en cuenta de que no había extraído la tarjeta magnética del cinturón de aquel enfermero que ahora yacía, muerto, en el piso de su habitación. Vivió mucho tiempo en ese lugar, o quizá poco, ya no lo sabía; solo tenía ecos y recuerdos que dibujaban su salida del hogar, una tarde, totalmente sedada, con imágenes fragmentadas de los rostros empapados de sus compañeros con la copiosa lluvia que inundaba la residencia, y la figura estilizada de su directora en el portal de la puerta principal del hogar, alejándose tras la cortina de vidrio de la camioneta, que esbozaba venas de agua, dolor y amargura.

Era tarde para regresar por la tarjeta olvidada; escuchó resonar en sus oídos la alarma, demasiado fuerte para su gusto; se paró frente la puerta y simplemente la arrancó de un golpe seco y directo con su pie derecho, propinado de forma frontal. Avanzó decidida, pero se detuvo en seco al observar un grupo de tres enfermeros que subían rápidamente por las escaleras. Corrió hacia una ventana y la traspasó sin mayor problema, dando paso a una caída libre desde el tercer piso hasta el patio de bienvenida del edificio. Sus pies no sintieron un impacto mayor al de un salto de metro y medio. Sintió las luces de las linternas de los guardias rasguñar su espalda, como tratando de tomarla, solo corrió y corrió, pasando el ingreso de aquel lugar sin mayor dificultad, ya que era el frontis de un espacio abierto que daba hacia una de las principales arterias de aquella ciudad enorme y mezquina en belleza, con sus habitantes nocturnos.

…|M|…

Su mirada siguió aquella silueta desde el quinto piso, hasta que la noche y la oscuridad permitieron verla. Sus labios esbozaron un suspiro profundo y largo.

—Ha despertado, hay que avisar a los centinelas para que la rastreen —fue lo único que dijo Claudia, la directora del centro de menores donde creció Antonia.

…|M|…

ANGINA

Sus ojos descubrieron, borrosamente y luego con mayor nitidez, la cruz del sur, ya perdiéndose en la bruma del cielo patagónico, provocada por el reflejo del pacífico, que era la dirección en la cual apuntaba su cuerpo. No tenía noción de cuántas horas habían pasado, pero Lars sentía que eran demasiadas, ya que su cuerpo dificultaba la mecánica y coordinación de sus extremidades, que recuperaba de apoco, pero no sin dolor.

—¿Qué demonios me ha pasado? Mi cintura —exclamó, dejando escuchar un quejido—… ¿Cómo es que estoy vivo? Debería haber muerto de hipotermia.

Creyó pensar en algún tipo de ataque epiléptico, no dando crédito a nada más, solo eso podría haber sido. Su cabeza le dolía demasiado, y sus manos se encontraban petrificadas, como su rostro. Ya de pie, giró su cabeza hacia la pequeña plataforma que estudiaba. Sus ojos no podían dar crédito a lo que miraba, los símbolos que hacía pocas horas eran erráticos difusos y no tenían coherencia se encontraban completamente iluminados y en movimiento continuo, entregando una visión dimensional de ellos. Debía ser producto de alguna alucinación.

—¿Cómo es posible? No lo puedo creer... Necesito un médico —dijo con voz errática.

No terminaba de entender lo que veía, cuando esas imagines se acercaron a menos de un metro de su cuerpo, formando tres filas, girando en formación circular perfecta, creando cadenas similares a la representación científica del genoma humano y marcando colores tenues que fluctuaban entre el azul y verde musgo.

—¿Qué significa esto? —exclamó a muy baja y profunda voz.

Estiró su brazo, tratando de tocar la imagen a un metro de distancia de él, aproximadamente. Su mano se deslizó despacio entre las hileras de cadenas, traspasando su textura, tal cual un holograma.

—Pero ¡cómo! —su respiración pareció detenerse, al igual que sus latidos; sus ojos se tornaron de un gris profundo, casi platinado, cubriendo totalmente sus córneas; su postura se petrificó, acompañando un paisaje extraño donde su figura era lo único que rompía con la monotonía de la estepa magallánica al amanecer.

Así pasaron los minutos, o quizás horas, perpetuando aquel momento, solo el sonido de un viento fresco y penetrante, tal vez un pequeño riachuelo a lo lejos, se confundía con melodías que solo la faz de la tierra podía entregar.

—¿Qué dices? —la voz de Carlos resonó con fuerza a través del celular que su amiga Antonia había hurtado, hacía pocos momentos, a la primera anciana desprevenida que encontró mirando chicherías en la feria artesanal instalada en la concurrida Costanera del Río Calle Calle de Valdivia, junto a la avenida Arturo Prat.

—¿Dónde estás? ¿En qué ciudad? ¿A quién mataste? Antonia, no te escucho. Antonia… Anto… —la llamada se interrumpió con un agudo sonido, logrando que Antonia se desprendiera del celular y cubriera sus oídos con ambas manos, en clara expresión de dolor. Al pasar el malestar, se dio cuenta de que alguien se encontraba frente ella, a unos tres metros de distancia. Su asombro fue grande al visualizar la figura clara y definida de su directora, quien sonrió sombríamente al conectar su mirada con los oscuros ojos de Antonia.

—Eres una chica muy mala, Antonia —dijo, sin dejar de esbozar la sonrisa—: nos abandonas, huyes y ni siquiera te despides.

Hizo una pausa y miró jactanciosamente hacia uno y otro costado. Siguió hablando:

—Quien te ha dado protección durante todo este tiempo… —movió su cabeza, negando cínicamente y exclamando suavemente, casi susurrando—, no sé qué voy a hacer contigo, pequeña diablilla.

Antonia no se permitió demostrar en su rostro el terror que aquella imagen representaba para ella. No comprendía cómo, en tan pocas horas y en aquel lugar, la habían encontrado y, lo que era peor, por qué la perseguían. Aunque ya en su subconsciente ella sospechaba que algo extraño rondaba su vida, principalmente por cómo ocurrió su escape.

—¿Cómo logró encontrarme? —dijo Antonia con voz decidida.

—La verdad, es un pequeño truco del que me reservaré los detalles, mi querida Antonia. Pero yo creo que lo importante es pensar que ya no vagarás por esta hermosa ciudad sin guía y compañía.

—¿Por qué estoy huyendo? ¿Qué quieren ustedes de mí y por qué me han tenido tanto tiempo encerrada si yo no he...? —de pronto, Antonia detuvo sus palabras y recordó el guardia al cual ella había matado la noche anterior, y sus pupilas se contrajeron, mostrando un dolor profundo y una culpabilidad aprisionadora en su mente—, yo no he querido herir a nadie, solo quiero entender qué me ocurre.

—Querida Antonia —habló la directora con voz suave—, tu existencia no trata sobre entender o comprender, tu finalidad en este plano es acompañar a quienes esperan por ti. Es por eso que ahora deberás seguirme y nadie te reprochará nada —la directora sospechaba, por el rostro y la mirada de Antonia, que sentía remordimiento por aquel guardia, situación que aprovecharía a su favor, ya que aún se encontraba a tres metros de distancia, y requería, a lo menos, un metro más para poder bloquear sus movimientos—. Creo que deberías sentir alivio de que he sido yo quien ha dado contigo, y no algún policía...

Solo alcanzó a dar medio paso más. Antonia cerró sus ojos fuertemente, casi evidenciando sufrimiento, y cayó al suelo de rodillas, apoyando bruscamente sus manos en el suelo. Algo impedía que la directora siguiera avanzando. Todo se detuvo a su alrededor, la brisa de aquella mañana se mostraba suave, pero en ese instante y en aquel lugar eran mil agujas que travesaban la piel de quien se encontrara a algunos metros de Antonia. Un aura llameante de color azul profundo que debilitaba los matices en su corona envolvió su cuerpo. Suavemente, se levantó su y dirigió una mirada amenazadora a la directora, caminó lentamente hacia ella, se ubicó a su costado, en dirección opuesta, por algunos segundos, giró su rostro con desdén y le dedicó una sonrisa que solo transmitía maldad y temor a quien la observara. Siguió mirando hacia adelante y caminando sin mayor apuro. Su silueta se perdió en aquella avenida atestada de turistas que regateaban algún viaje en lanchón solo para descubrir morbosamente lo que fue alguna vez Valdivia, antes del gran megaterremoto. La directora y los dos guardias, vestidos de traje oscuro profundo, quienes se encontraban escondidos hacía ya largo rato como apoyo; solo pudieron moverse una vez desaparecida la bruma y aquel campo de energía invisible que los envolvía. El guardia más cercano a la directora le preguntó, con voz grave y seca:

—¡Directora! ¿Cómo es posible que nos haya inhabilitado sin mover un músculo? ¿Qué fue lo que pasó aquí? ¿Puede ser que ya…? —la directora lo miró y su rostro solo dio urgencia a su respuesta:

—No, no es posible, pero ya habrá tiempo para comprender. Ahora, ustedes síganla, pero desde lejos. Yo haré una llamada, pronto me uniré a la búsqueda.

Claudia no podía sacar de su mente el rostro de Antonia, su sonrisa y su mirada, con los ojos de color gris plateado que reflejaban la imagen de quien la mirara. Era claro que ya no era la adolescente tímida de la residencia, lo que la dominara en esos momentos había despertado.

…|M|…

La Teoría de cuerdas es un modelo fundamental de física teórica que básicamente asume que las partículas materiales aparentemente puntuales son en realidad «estados vibracionales» de un objeto extendido más básico, llamado «cuerda» o «filamento».

Teoría de cuerdas, definición libre.

Invierno

Tierra del Fuego, Isla Grande borde costero plataforma saliente oeste océano Pacífico, territorio de los ancestros del pueblo Selk'nam, lugar del clan Halchic, 10 000 años antes del presente.

El pequeño Kiyotimink miraba con devoción inquebrantable a su abuela paterna, quien era la más antigua y única chamán de su clan. Eran una noche oscura, donde el manto del cielo nocturno parecía tocar todo. El pequeño observaba, a unos cinco metros de distancia, cómo la anciana alzaba sus brazos hacia las estrellas en perfecta coordinación con el paso de la brisa y la bruma, marcando la suavidad de sus movimientos. Todo ello ocurría sobre una enorme roca que coronaba y dominaba con orgullo aquel acantilado, extensión de una enorme meseta que parecía terminar el continente abruptamente. La silueta de la antecesora Selk'nam se reflejaba majestuosa y nítidamente. Ya pasaban varias horas en aquella danza, donde la monotonía de sus movimientos aventuraba lo bello del ritual y la conexión absoluta con el entorno. Nada sobraba, todo armonizaba el momento. En un instante, sin previo aviso, la anciana bajó sus brazos y dirigió su mirada hacia el pequeño, y con un movimiento de su mano izquierda lo invitó a acercarse. Kiyotimink se levantó del piso enérgicamente, nunca había perdido la atención sobre los movimientos de su abuela. Ella lo rodeó con su brazo y lo invitó a mirar hacia un punto que indicaba su mano derecha, en la bóveda de la noche y le susurró en su oído «tschen» (camino). Su mano extendida claramente se inclinaba apenas por sobre el límite entre el océano y cielo nocturno, siendo un espejo difícilmente descifrable si no se sabía dónde se tenían los pies en ese momento. Nuevamente, la anciana lo miró con dulzura y sonrió. Kiyotimink sintió alegría, porque su abuela había compartido con él uno de los mayores secretos de su clan y pueblo: el lugar exacto donde se encontraba el acceso y el paso por donde los dioses esperarían por ellos para guiarlos en una senda intergaláctica a un nivel mayor, un plano diferente, donde trascender.

La dirección de la mano de Altchek, que era el nombre de la anciana, invitaba a mirar hacia el horizonte, ese límite al que señalaba era el continente antártico.

Arold Spencer, en todos sus años de servicio, nunca había tenido tanto movimiento hacia el continente de hielo sólido. Sus rutas se vieron saturadas de embarques y su naviera parecía prestar mayor utilidad desde hacía algún tiempo para el gobierno británico. No lograba ver cuál era el proyecto del gobierno en esas tierras.

—Estoy seguro de que han encontrado petróleo, gas natural o algún mineral misterioso —eran sus más aventuradas conclusiones, que se acompañaban, por cierto, con el mayor beneficio para su naviera y, por ende, también para él, que era un simple trabajador de la empresa. Un día, escuchó a dos marinos charlando en uno de los puertos de Punta Arenas, asignados por la marina británica para custodiar un conteiner enorme sin símbolo alguno.

—No quiero pasar toda una temporada en el hielo, nuestros superiores nunca tocan la nieve, nos toca a nosotros mojarnos el trasero para que ellos puedan hacer sus experimentos a esas rocas, debieran gratificarnos solo por el hecho de ir a ese témpano...

El otro marino respondió, tajante:

—Guarda silencio, no es asunto mío tu bienestar. Tenemos nuestras órdenes, solo debemos seguirlas.

Arold sintió que la respuesta del marino fue cortante y con gravedad, por lo tanto, no podía ser gas natural. Quizá se trataba de algún mineral nuevo, pero él no sería quien establecería alguna investigación sobre el tema, solo debería seguir trabajando, ya que la paga era buena y sus habilidades de cargador de grúas de mercantes era necesaria en ese momento.

...|M|...

Hacía ya un tiempo que la Real Armada Británica se encontraba instalada en las cercanías del Cabo de Hornos, colaborando fuerte y coordinadamente con el Instituto de Investigación Submarino para el Atlántico y Pacífico Sur sobre sus investigaciones del cambio climático y el calentamiento global. Justificaban este acto tras el desprendimiento de un enorme bloque de hielo que se produjo durante los meses de julio y agosto del año 2015 a 32 kilómetros del borde del glaciar con el límite del océano, formando un iceberg con un área de 582 kilómetros cuadrados. Este evento fue definido de forma oficial por el gobierno británico como de mayor importancia, ya que el colapso del continente blanco en su sector occidental podría ser efectivo en su deshielo en un periodo de tiempo breve, asimilado a una vida humana promedio de 75 a 85 años, y no en tiempo geológico, como sostiene el Gobierno norteamericano, lo que significaría miles de millones de años. La hipótesis era sustentada y vitalizada fuertemente hasta el día de hoy por el presidente Trump, cuidador de una mirada excesivamente nacionalista y proteccionista de la economía estadounidense, desconociendo los efectos del calentamiento global, con finalidad de potenciar sus industrias, las cuales, por cierto, eran de energía enormemente contaminante por su gran carga de emisión de carbono a la atmósfera.

En este contexto, el mayor Doran, miembro del comité de investigación para la Real Armada Británica, era quien guiaba las investigaciones, y había encontrado la colaboración de los países vecinos del continente blanco por las latitudes del Pacífico Sur para poder operar con el exigente sigilo y prudencia que él solicitaba a todas sus acciones, ya que no se «quiere establecer una psicosis» sobre el tema y dar más vitrina al aumento de los niveles del mar o del calentamiento global. Ese era su discurso para toda la prensa mundial y diplomáticos que buscaban, de pronto, ver más allá de los asuntos formales. Su trabajo consistía en coordinar toda operación científica-militar efectuada en la zona de la fractura. Sin su consentimiento, nadie podía entrar o salir del lugar, se transformó en su pequeño feudo, dominado solo por él.

. . . |M| . . .

—¡Teniente! —exclamó el mayor Doran, con su tono de voz suave y cordial en su relación con los demás—, por favor, ¿podría usted citar en el bunker de conferencias al Sr. Kendall en 30 minutos? Gracias.

El mayor Doran era un oficial de vasta experiencia en las Fuerzas Armadas de Britania, quien sentía que su patriotismo era absoluto y su mirada ante la vida se iniciaba siempre en la defensa de los intereses de su nación. Era un hombre alto, de tez blanca, pelo oscuro, de voz suave y amable, pero que no dudaba en castigar severamente a quien no cumpliera con sus órdenes. Siempre había dedicado sus esfuerzos desde la mirada de la investigación tecnológica y el desarrollo de nuevas armas de combate que permitieran disuadir o dañar al enemigo. Sus características personales lo asemejaban más a un ejecutivo de una transnacional que a un alto oficial inglés.

—Mayor, el Sr. Kendall se encuentra ya aquí —dijo el teniente en postura firme militar, a un costado de la puerta de entrada al salón improvisado de reuniones.

—Que pase, por favor, teniente. Usted se puede retirar —respondió Doran.

—Doctor Kendall, ¡qué difícil es mantenerse comunicado con usted! —el mayor lo miró de forma despectiva desde el fondo del bunker, con su rostro iluminado a media luz—, y no me diga que por estar a cuatro kilómetros de profundidad bajo este témpano antártico nuestros dispositivos de comunicación no funcionan, pues estamos en el mismo perímetro.

—Mayor… —Kendall tomó aire, como si el que tuviera en sus pulmones no le fuese suficiente para hablar—, me extraña su urgencia para mi persona, usted sabe que siempre trató de informar todo avance, pero si usted me da diligencias todos los días, no podré garantizar resultados óptimos.

—Doctor, sus apreciaciones me tienen sin cuidado, solo quiero saber si ya ha descifrado las interrogantes que nos han presentado estas estructuras —el mayor guardó pausa en su voz—, solo quiero saber si ya existen algunas certezas, no creo que sea tan difícil para usted y su currículum, considerando que estamos desde hace dieciesiete meses en este frízer, y que dispone de un equipo de élite para investigar. Creo que sus colegas matarían por liderar esta operación. Recuerde que usted está acá solo por petición de nuestro respetable almirante, Paul Johnson, no lo olvide… Sería penoso tener que informar a él y a todo su ego de la Real Armada de Britania que su científico preferido fracasó en sus análisis y solo nos hizo perder el tiempo —esta última frase la terminó de forma brusca.

—Mayor… —nuevamente tomó aire—, se requiere tiempo para definir algunos aspectos. Estas estructuras son distintas a todo lo estudiado en doscientos años, y desafían todos los días nuestros conocimientos, debe darnos más…

Doran lo cortó en seco:

—¡Tiempo! ¡Eso iba a decir usted! —lo dijo con severidad esta vez—. Eso es lo que menos tenemos, ¿por cuántos días más piensa que podremos sostener esta mentira sobre este lugar? Los norteamericanos ya están sospechando de nosotros, si no es que ya lo saben todo, o creen saberlo; y los chinos han desplegado investigaciones cercanas, y ¡para qué mencionar a los rusos! Así que le recomiendo que nos diga pronto cómo nos sirve todo lo invertido en este lugar y qué provecho se le puede sacar a estas cosas o, de lo contrario, la iniciativa será un total desperdicio.

Kendall pensó bien su respuesta, pues era evidente que su continuidad ya no estaba garantizada por el aval del almirante Paul Johnson.

—Mayor Doran, esta semana entregaré un informe exhaustivo de nuestro conocimiento sobre las estructuras y los descubrimientos obtenidos.

—Tiene tres días, Sr. Kendall, y le advierto: no me haga perder el tiempo, o, de lo contrario, tomaré el control total de la investigación, y usted no estará incluido en esa etapa.

—Como usted diga, mayor. No lo defraudaré.

Kendall era un científico adoctrinado en el rigor de la más pura razón, no importando muchas veces la ética en sus estudios. El conocimiento valoraba todo, y el logro de los objetivos que se trazaba eran sus horizontes a seguir. Así, había servido siempre para el ejército, antes directamente, después, a través de corporaciones o agencias de inteligencia. Su mediana estatura, sus lentes de grueso vidrio y su cabello largo descuidado no evidenciaban su enorme ambición de saber científico.

Esos tres días nadie descansó en esa enorme grieta de hielo antártico, todos realizaban las tareas asignadas rigurosamente por el Dr. Kendall. Entre los más cercanos en su investigación, estaba la Dra. Sophia Larsson, una sueca experta en genética humana, reconocida mundialmente por sus estudios y publicaciones sobre la genética del ser humano y las mezclas de este a través de las migraciones entre continentes en la edad antigua, anterior a la época del hombre moderno como tal. Su nombre latino fue dado por su padre, quien admiraba locamente a Sophia Loren. Esto, según ella, le daba un plus extra a su carácter, el cual era ya extrovertido, y a quien continuamente le gustaba imponer sus opiniones en todo ámbito. Era de contextura mediana, su tez extremadamente blanca y pelo color castaño contrastaban con sus ojos claros, que hacían juego con su traje verde musgo, asignado por el ejército como equipamiento para su trabajo diario. Conocía a Kendall desde hacía un tiempo corto, no superior a dos años, estos calzaban con el llamado que él le hizo para enfrentar la «aventura científica de su vida». Nunca se atrevió a preguntar si alguna vez tendría crédito por ese trabajo, o si solo sería parte del paisaje científico que rodeaba a Kendall, a diferencia del Dr. Aarón Williams, quien sabía perfectamente qué esperar de su colega, que oficiaba en esta misión de director del proyecto.

Ya se conocían desde hacía demasiados años, más de los que él deseaba, tal vez. Aarón era un hombre retraído, silencioso, experto en varias disciplinas científicas; sus estudios los cursó en la prestigiosa Universidad de Cambridge, siendo su mayor aporte en el campo de la investigación astrofísica, que había orientado principalmente al desarrollo de nuevas teorías sobre el espacio profundo y la materia que lo componía. También, era ferviente admirador del Carl Edward Sagan, principalmente por cómo acercó la ciencia a la gente común. Nunca entendió muy bien por qué razón Kendall lo incluyó en esta investigación, no alcanzaba a visualizar los alcances de los estudios que le solicitaba Kendall, sospechaba que no les había contado todo el cuento, y que parte de la historia se encontraba oculta bajo cien llaves. Bueno, eso era típico de Kendall, ya lo conocía bien.

...|M|...

El mayor Doran se mostraba más irritable de lo común, el sueño nocturno no había sido todo lo reparador que él quisiera, ese lugar ya le estaba afectando su temperamento; él, que se distinguía por su buen ánimo y cortesía.

—Doctor, pensé que usted ya no vendría. El tiempo se hace eterno en este cubo de hielo, y sobre todo cuando es poco el que tenemos —lo dijo cortantemente, sin mostrar ironía en sus palabras—, pero no se detenga por mis palabras, comience lo más pronto posible, por favor, señor Kendall.

Kendall sentía la mirada directa e inquisidora del oficial, no encontraba las palabras adecuadas para comenzar su presentación, sus manos barajaban una y otra vez el dosier de datos que contenían su informe.

—Mayor, esta investigación... Los avances que le presentaré hoy... —detuvo sus palabras, hablaba muy dubitativamente—. Bueno, en realidad los pocos días que he tenido para armar este informe...

Doran suspiró profundo y lo cortó:

—Doctor Kendall, esto es muy sencillo: dígame si esta estructura es de este mundo o no. Tan simple como eso —sus palabras fueron contenidas—. ¿Entonces?, lo escucho, doctor.

—Esa pregunta, señor, es el menor de los problemas en esta situación —dijo Kendall en tono grave—. Claramente, este artefacto no fue construido por seres de este lado del barrio. Los componentes que contienen las estructuras corresponden a una aleación de minerales que no existen en nuestro planeta, y los códigos impresos o tallados en sus paredes son datos, coordenadas y códigos imposibles de determinar al día de hoy, inclusive con nuestro conocimiento actual... —se detuvo para poder tomar aire, y miró al mayor para ver si había reflejo de alguna cuota de asombro a sus palabras, pero Doran solo lo miraba fijamente, y su expresión facial era indescifrable, por lo menos para el doctor—. Señor, este descubrimiento implica un avance cuantitativo y cualitativo para nuestra tecnología, o el reconocimiento de otras áreas para poder reconocer...

Doran suspiró profundamente, y cerró sus ojos con ambas manos apoyadas en su frente.

—Doctor, le he pedido que no me haga perder el tiempo. Dígame, por favor, ¿esto es un peligro para nosotros como civilización o solo son ruinas extraterrestres abandonadas?

Kendall lo miró fijamente y tomó una pausa antes de hablar:

—Mayor, creo que esta estructura contiene información que implica una especie de cuenta regresiva, como una señal que marca una distancia en el tiempo, que poco a poco se va acercando. Una cuenta que, según he calculado, no es distante a nuestra era; o quizás algunas décadas en el futuro cercano, aún no sabemos con exactitud de qué tiempos estamos hablando —el doctor guardó silencio y, luego de un momento que a Doran le pareció eterno, le dijo—: Existen diferentes símbolos, algunos significan distancia en el tiempo, ya que muestra coordenadas que cruzan los sistemas planetarios de galaxias conocidas recientemente gracias al proyecto ALMA y nuestros radiotelescopios, pero hay otros que aún no entendemos lo que significan o a qué aluden, ya que son casi idénticos al genoma humano, solo que fluctúan en algunos detalles del ADN, como en el número de cromosomas, que superan los 23, y eso ya no es humano, se aleja notablemente del *Homo sapiens* —el doctor tomó aire nuevamente, y esta vez fue seguro y directo en el tono de su voz—: sean lo que sean esas marcas talladas que simulan figuras de ADN en los pilares, son un registro o firma de quienes los construyeron, o tal vez una identificación... quizás, adelantando de su raza para que sepamos quién o quiénes vendrán a vernos en algún tiempo... Una tarjeta de presentación, no lo sé, señor.

. . . |м| . . .

Invierno profano

En el reflejo lejano del presente

—*Tschen* —susurró el joven Kiyotimink en el oído de su anciana abuela, casi con ternura, simulando una delicada brisa en sus palabras. Tomó su mano y le indicó el horizonte con su mirada, el mismo lugar donde años atrás ella, en una ancestral y lejana noche, dio inicio a la mayor revelación para su pueblo—. *Tschen* —repitió, esta vez con lágrimas en su rostro, mirando los ojos cristalinos de su abuela, que ya no fijaban su vista. Solo recibió una pequeña sonrisa de Altchek. El clamor del invierno había derrotado ya sus energías, y se llevaba su ser y su último aliento.

El joven Kiyotimink aquel día tomó el honor de proteger el secreto, entregado por Altchek, y de heredarlo a sus descendientes, quienes, al igual que él y como lo hizo su abuela, debían danzar en aquel peñasco que tocaba el cielo nocturno, con el fin de recordar el destino del hombre, mostrado y descrito en sus canciones cientos de años atrás en el nacimiento de la humanidad. Ese culto nunca debía ser roto o fragmentado, ya que a quienes iba dirigido, al volver, no reconocerían a sus intérpretes y cerrarían para siempre la senda donde el hombre debía trascender a un estado mayor.

Octubre del año 1966.

Eran ya dos los años de su vida que la joven antropóloga francoestadounidense había dedicado al estudio de la ultima Selk'nam sobreviviente de su pueblo, quien ya pronto seguiría la senda trazada por sus ancestros. Siempre le pareció que existía tristeza en sus ojos, lo que contrastaba al invocar sus antiguos ritos y cantos. Los relatos se transformaron en profundos ecos de un pasado que se extinguía sin enmienda con cada avance de sus latidos. La antigua chamán sabía que su mundo desaparecería para siempre, y que lo que quedaba se reducía a una pequeña reserva indígena cerca del lago Fagnanoen del lado argentino del extremo sur del continente.

El día 9 de octubre del año 1966 la última Selk'nam miró nuevamente hacia el horizonte y cerró sus ojos para repetir, susurrando, nuevamente sus cantos, voz que trascendió sobre todo aquel que conoció alguna vez aquel pueblo y lo admiró tal como era, sin imponer formas de vidas o culturas, solo admirando la dulzura de su vivir y sentir.

El tiempo es severo en su marcha, y no siempre espera los minutos y horas del hombre. Siendo este una raza menor en el manto intergaláctico, no comprende lo limitado de su espacio. Las centurias muestran y evidencian el desprolijo del hacer humano y, como tantas cosas, la danza de Altchek se perdió en las generaciones venideras y, tal cual los riachuelos avanzan, llevando lejos las hojas del bosque, el canto se perdió entre los hombres y ya ninguno lo conoció..., y se abandonó la herencia de los antiguos ascendientes de los Selk'nam, confundida en los inviernos eternos y profundos del sur austral del continente, profanando su herencia ancestral para siempre.

...|M|...

Presente

NEGACIÓN

La Dra. Sophia Larsson creía haber encontrado algo interesante en sus datos, analizados sobre los resultados de información del genoma humano, sobre sus estudios de ADN en los diferentes continentes y sobre el cruce de las encriptaciones del extraño metal que rodeaba las estructuras. Le hacía sentir que su pecho estaba a punto de explotar, ya entendía cuál era el problema de su raciocinio, nunca le sobró algún cromosoma, por el contrario, este fue superpuesto y anulado intencionalmente, de alguna manera, en la propia evolución de la raza humana. Estaba claramente reflejado en aquellos signos de data inexacta, cuya antigüedad no se podía calcular con precisión, ni siquiera con carbono catorce, ya que los elementos no permitían una datación aproximada siquiera, pero mostraba un origen distinto, quizá manejado por nuestra raza. Algo gatilló esa inhibición, o alguien, intencionalmente, manejó el proceso, y quizás ahora esperaba retornar para poder retomar ese experimento. De pronto, sus ojos se contrajeron y su boca se expandió todo lo que pudo, sintió un miedo que jamás había conocido, no podía ser verdad lo que estaba pensando, y si era cierto, ¿cuánto tiempo restaba para entender lo que habían encontrado?, ¿cuánto tiempo había para prepararse?, no podía ser verdad. Giró su cabeza hacia el cielo, cerró sus ojos y negó con un movimiento suave, suspiró profundo y se dijo así misma en voz alta:

—¡Cálmate, mujer, tú eres científica! Este hielo te está afectando... —no alcanzó a terminar sus palabras, cuando cayó en cuenta de que la observaba el doctor Aarón Williams, quien dibujó una sonrisa en su rostro desde el fondo del laboratorio, y le dijo, serenamente:

—También te has dado cuenta de lo que es obvio —sostuvo su mirada en los ojos de la doctora—. ¡No niegues lo que ambos sospechamos! —Sophia lo miró sin saber qué contestar, dejó que él siguiera hablando, para averiguar si estaban ambos en la misma lógica—. Tú sabes que no siempre concuerdo contigo, Sophia, en tus análisis, y a pesar de que somos de campos distintos en la investigación, los dos logramos deducir el mayor descubrimiento para nuestra era y raza humana, si es que nos podemos llamar de esa forma aún, y no somos un experimento de científicos de otro lugar...

...|M|...

La mañana sorprendió a Sophia sentada en un pequeño mirador metálico que sobrepasaba por cinco metros las estructuras estudiadas. Su mirada se encontraba perdida en sus pensamientos, no entendía cómo era posible que esa idea aún persistiera en su mente, solo tenía un par de hechos concretos y demasiadas conjeturas. No podía comprobar nada, pero ¿por qué estaba ella ahí? Era claro que no era un simple estudio, y esas estructuras no eran de este mundo, o por lo menos sus componentes.

«Debo concentrarme en las evidencias, solo eso podrá guiar mis hipótesis» fue su análisis final, después de toda una noche sobre la plataforma, observando fijamente las estructuras. Luego posó ambas manos sobre la baranda que la separaba de una segura caída libre, y suspiro fuertemente, sonrió y volteó, decidida a desvelar los secretos de las estructuras que ocupaban sus pensamientos durante los últimos meses de su existencia, y las que ya, a esas alturas, concebía como alienígenas. Su sorpresa fue grande al ver, de golpe, al mayor Doran, quien se encontraba al lado de las escaleras.

—Parece que ya encontró la motivación para seguir su investigación, doctora.

Doran la miró fijamente, y su voz no tenía el tono habitual de cordialidad que siempre mantenía cuando charlaba con ella.

—Supongo que toda la noche de reflexión en esta plataforma la ha guiado sobre sus dudas.

Doran dio un paso hacia ella de forma tranquila, pero mostrando seguridad.

—¡No entiendo por qué es costumbre de todos acá espiar a los demás! —exclamó Sophia, mostrando desagrado en la interrupción—. Claramente eso hago, mayor, despejar dudas sobre esta investigación, ¿no es eso lo que ustedes quieren? Descubrir qué cosas son esas estructuras —apuntó con fuerza ambas torres, sin voltear hacia ellas.

—Creo que los resultados, al final, solo servirán para fines científicos, y de muy poco para su gobierno, por lo menos en lo militar, mayor.

Caminó en dirección al ascensor que se encontraba al costado de Doran.

—Doctora Sophia, no malentienda mis palabras, o el tono en ellas. Acá todo esto está por encima de nosotros, incluso sus fines científicos —tomó aire y bajó su mirada—. Entienda que no solo la seguridad de mi nación está en juego, es la seguridad del planeta y de nuestra especie. Si esas cosas son lo que creemos, podríamos estar en camino de ser víctimas de una posible invasión, y nosotros o nuestras generaciones futuras no estamos preparados.

El mayor giró su rostro hacia la doctora, la miró fijamente a sus ojos y dijo severamente:

—Quiero que se presente con sus colegas en mi despacho en una hora, con todos sus datos y conclusiones. ¡El tiempo se acabó!

…|M|…

En el planeta existen pocos inviernos más severos o que superen los vientos y lluvias de Tierra del Fuego; las ventiscas parecen acoplarse permanentemente al inextinguible paraje austral, «y este invierno en particular ha sido demasiado crudo». Eso pensaba Esteban, un viejo taxista de Punta Arenas, quien esperaba, como siempre y todos los días, pasajeros en el Aeropuerto Internacional Presidente Carlos Ibáñez del Campo. Estaba ensimismado en lo que prepararía de comer en su hogar una vez terminara su turno autoimpuesto, gran ventaja de las regiones alejadas de las grandes urbes: el tiempo y la exigencia de la labor se limita solo al empeño personal, y no al exigido por otros.

—¿Y si preparo unos huevos revueltos, con el cafecito de trigo que me envió mi madre? ¡Estarán de película! No hay frío que se resista… —no alcanzó a terminar sus palabras, pues sintió que alguien tocaba la ventana del copiloto. Miró y bajó la ventanilla—: Dígame, señor, ¿adónde quiere que lo lleve? —trató de distinguir el rostro del pasajero, pero a contraluz se le hizo imposible.

—Solo lléveme a algún lugar donde pueda pasar la noche con algo de calor y que no cueste una fortuna, por favor.

La voz de Lars sonó seca y sin mucho ánimo, se encontraba agotado. Su último viaje a tierras de su abuela paterna no había sido todo lo acogedor que él esperaba, ella se encontraba enferma y su mal estado era evidente. Él no quería dejarla así, pero ella insistió y le pidió que solucionara todo lo que a él le preocupaba, ya que «su destino no se encontraba al lado de ella». Esas palabras aún resonaban en su mente, y presentía que no la volvería a ver. Había dolor sobre sus pensamientos alojados en el futuro, y miedo sobre sus próximos pasos.

—¡Joven! Este es un buen sitio. Es el mejor hotel de la zona, y tiene precios increíbles. Quizá quede con ganas de quedarse un par de días en él. No se arrepentirá, eso se lo aseguro.

Lars miró a Esteban como si no hubiera escuchado sus palabras, le preguntó por el valor de la carrera y pagó con dos billetes muy arrugados, tanto así, que el amigable taxista tuvo que esforzarse para ver su denominación.

Al bajar solo se divisaban su mochila de trabajo y unas botas de campo que colgaban de ella, también se veían algunos instrumentos apretados que sobresalían de la parte superior del bolso, propios de la investigación arqueológica. Antes de entrar al lugar, miró hacia el cielo fusionado ya a esa hora con la noche eterna de Magallanes, tomó una profunda bocanada de aire y pensó «espero no haber equivocado mi decisión, no me lo perdonaría». Luego entró lentamente.

El despertar fue demasiado temprano, Lars no pudo conciliar el sueño, y sentía que tenía muy poco tiempo. Se dirigió rápidamente al puerto Tres Puentes, de la ciudad de Punta Arenas, su objetivo era cruzar a primera hora hacia Tierra del Fuego. Compró su boleto, pero solo de ida: no volvería sin obtener lo que respondiera sus extrañas visiones. El lugar era lejano a las vías comunes de acceso a turistas, solo esperaba que su vehículo todo terreno aún se encontrara en el lugar en el que lo había aparcado, y que no lo hubieran vendido. Dudaba si el monto de dinero que portaba era el suficiente para recuperarlo.

Aun cruzando el Estrecho de Magallanes tuvo una extraña sensación. Su pecho se comprimió, como ahogando un llanto inevitable; su mirada se dirigió hacia el sur más lejano que podía observar. No entendía por qué existía dolor y angustia con cada respiración que daba, y desesperanza en su mente. Solo ansiaba llegar pronto, aunque no sabía si era el lugar correcto donde estar. Pensó en desistir, pero las palabras de su anciana abuela resonaron fuertes en su mente «tu destino no está en cuidar a una anciana, debes seguir tus pasos, seguro en lograr tus objetivos, tal como lo hicieron tu padre y madre. No decepciones a esta vieja soñadora, y termina lo que has iniciado… Yo te acompañaré, recuerda que eres parte de mí, como yo lo soy de ti».

—Señor, ya llegamos… ¡Joven, despierte!

Sintió una mano en su brazo, que pertenecía al segundo abordo de la embarcación, un corpulento lugareño cuyo rostro hacía recordar a los antiguos habitantes del mar del sur, con una mirada inocentemente Kawésqar. Lars refregó los ojos y se dio cuenta de que, de los pasajeros, ya era el único a bordo. Tendría que caminar rápido para lograr recuperar su vehículo, y antes de que la bruma, mezcla de oscuridad, se apoderara de Tierra del Fuego. Los días ya eran demasiados cortos, solo algunas horas garantizaban ver lo más parecido a la luz del día, reinaba una especie de penumbra que ya hacía algunos meses parecía haberse intensificado respecto de años anteriores.

Al llegar a la casa donde se aparcaba su vehículo, Lars lo miró con desanimo, no recordaba que se encontrara en tan malas condiciones. Al parecer nunca fue cubierto y protegido de la intemperie, la que es severa en esas latitudes. Giró su cabeza y se encontró a metros del dueño de la pequeña estancia, un exuniformado retirado con una evidente cojera, la que, según había relatado a Lars, fue producto de una mina antipersonal en la frontera con Argentina, en sus interminables jornadas de guardia fronterizo.

—Al parecer le tomó más tiempo de lo esperado volver de su urgencia, señor arqueólogo o antropólogo. La verdad, ya olvidé su profesión, joven —su voz era traposa y demostraba ya el daño de interminables jornadas acompañado de cigarrillos.

—Solo tardé lo necesario, cabo Rosales.

Lars recordaba que así le había mencionado su nombre aquel día que abandonó la isla grande de Tierra del Fuego, insistiendo sobre su grado militar.

—Pero, al parecer, fueron demasiados años, porque mi vehículo se ve destruido por fuera. Solo espero que pueda usarlo —el tono de voz del joven científico se sintió algo molesto. El militar retirado le brindó una mirada de pocos amigos, y replicó, seco y cortante:

—Viene a retirarlo, ¿cierto? —no hubo respuesta.

Lars entró sin pedir permiso, empujando una pequeña puerta de madera a media altura, que hacía las veces de entrada principal al antejardín de la vivienda, y se reñía con el suelo para poder avanzar, dejando madera ya podrida en su circuito semicircular. Miró al anciano y habló con voz clara y determinada:

—Por supuesto, señor Rosales, o de lo contrario la estepa se verá desde kilómetros sobre su techo, y ya no podré arrancarlo.

Lars siguió indiferente a la presencia del exmilitar. Su apego con aquellas latas era notorio, su inversión de los pocos recursos que alguna vez dispuso para su investigación se encontraba, en buena parte, en el arreglo de aquel Jeep, el cual significa la posibilidad de lograr llegar hasta donde él quería, y poder cumplir sus metas iniciales como científico.

Posó sus manos sobre el capó de vehículo, depositó su mochila sobre el asiento del copiloto y entró en él sin dejar de notar las lamentables condiciones y estado de las puertas, que al abrirse evidenciaban desgaste con un crujido amargo y extendido; dio contacto con las llaves, que aún se encontraban dentro del dispositivo de arranque, tal como él las había dejado; giró tres veces, siendo la última la exitosa. Una gran bocanada de humo salió del Jeep, mezclándose directamente con la bruma del sector, y confundiendo el aroma húmedo de la época con el agrio olor de aceite quemado del motor.

Lars suspiró y agradeció internamente que le respondiera, casi atribuyéndole personalidad al vehículo. Descendió de su desgastado armatoste de fierros y se dirigió hacia el anciano. Se paró lo más cerca posible que permitiera la prudencia inculcada en su educación familiar, y le habló con poca amabilidad:

—Tome acá tiene el dinero convenido por el cuidado de mi vehículo. Espero que no haya sido demasiada molestia para usted aparcarlo.

Dio media vuelta y no esperó respuesta. Al tomar nuevamente asiento, y posando sus manos en el volante, escuchó la voz del cabo Rosales, quien le habló sin mirarlo, contando los billetes.

—Se dirige hacia la roca plana que estaba estudiando, ¿cierto? No le recomendaría ir hacia ese lugar.

Lars detuvo sus movimientos en seco y lo miró intrigado. Contuvo su respiración, su rostro se mostró asombrado por la pregunta y, con prisa, preguntó:

—¿Qué sabe usted de mi investigación?

El cabo levantó su mirada una vez terminó de susurrar la cuenta de los billetes, y sonrió.

—Han pasado demasiadas cosas, señor Lars. Recuerde que yo soy uniformado hasta que me muera, y que mi misión es saber todo lo que pasa en las fronteras de mi país, sean estas por mar o tierra —su voz sonó casi hilarante, como deseoso de pronunciar esas palabras, contenidas, al parecer, por mucho tiempo—. Joven, usted me cae bien, a pesar de que ha sido brusco con mi persona y ha cuestionado mi cuidado sobre su vehículo, pero, aún así, le contaré lo que ha pasado en su ausencia —terminó mirándolo directamente a los ojos, desde el marco de la puerta de su casa.

Lars no entendía a qué se refería, y sus ojos demostraban ansiedad y preocupación. Algo en su interior le decía que su vida ya no sería la misma a partir de esta charla, y eso le daba pavor, ya eran demasiadas interrogantes en su existencia.

SIN CONTROL

Los inextinguibles senderos que marcaba la lluvia al caer sobre el parabrisas de aquel viejo automóvil (modelo 12–Tl Renault del noventa, color negro), intensificaban su angustia y confusión, que gatillaban un dolor indescriptible por no saber nada sobre sí. Todo esto no le permitía reparar en las miradas lascivas que el conductor dirigía hacia ella por el espejo retrovisor, quien lejos de hacer un aventón a una muchacha solitaria en aquella carretera que dirigía hacia el fin mundo, solo pretendía satisfacer un creciente anhelo de placer en su interior, que acostumbraba a lograr siempre de la misma forma, no importando la edad de quien llevara en el asiento trasero de su antiguo y descuidado vehículo. Su servicio era completo, así lo pensaba aquel hombre de acento extraño, que solía envolver a sus pasajeras con historias sin sentido. Recalcaba que vivía solo hacía algunos pocos años en Chile y que no conocía mucho del país.

—Esta pequeña labor me permite, como se dice, combinar el amor por la naturaleza y la soledad que busco ya al final de mi vida.

Antonia sentía que este invierno, especialmente, azotaba brutalmente su vida, y que repetía ecos de un pasado distante que nunca logró descifrar completamente. Algo latía con mayor fuerza en su interior con cada paso que daba en la dirección que su mente reflejaba con imágenes que no comprendía; aun así, seguiría, a pesar de sus pocas certezas y escasa energía vital.

—No podré seguir avanzando, el camino está demasiado sinuoso, con mucho lodo, señorita. El agua golpea con fuerza el vehículo, es cosa de tiempo que nos apantanemos.

El hombre la miró por el espejo retrovisor, ya con el motor detenido, y no giró su cabeza hacia atrás. Antonia, por primera vez, miró fijamente el espejo y no pestañeó o insinuó respuesta o movimiento alguno.

El hombre guardó silencio algunos segundos, y siguió diciendo:

—Creo que yo debería pasar hacia atrás para charlar un momento contigo, y quizá comer algo, porque veo que tienes hambre, o así lo pareces... —sonrió de forma forzada, su voz era muy baja y sus palabras sonaban a susurros confusos—. Tengo algunos panecillos dulces, pasaré hacia atrás para compartir un café... solo espera un minuto, que todo está en el maletero, creo. No te bajes, es innecesario, así solo yo me mojo.

El golpe del maletero solo anticipó un silencio intenso, animado por la lluvia que caía, fuerte, en esos momentos. Un ruido seco y brusco confirmaba el caer de un cuerpo en el lodo. Aquel hombre de tez clara y contextura corpulenta se encontraba boca abajo, sumido en una mezcla difícilmente distinguible en su color, ya que la noche se apoderaba ya hacía algún rato del lugar.

Su cráneo se encontraba separado completamente de la extremidad cervical, era un corte perfecto, casi cercenado quirúrgicamente. La sangre inundaba todo de un color oscuro, dando mayor densidad al charco que se formaba alrededor de la cabeza del sujeto. Antonia se encontraba de pie, al final del cuerpo, mirándolo fijamente, completamente mojada. Su pelo canalizaba la lluvia por sus hombros, y sus manos apuntaban hacia el suelo, dejando ver a contraluz sobre los focos del vehículo unas garras muy finas, terminadas en delicadas puntas de un color intensamente negro, casi estéticamente perfectas.

Su respiración era calma, y su rostro apuntaba hacia el cielo nocturno, a esas alturas completamente cegado por las nubes que brindaban una oscuridad casi absoluta y envolvente, en un camino limitado por los profundos pasados de bosques cercenados de su follaje color grisáceo, producto de la intervención irracional del hombre. Era una carretera lejana de todo. Antonia se encontraba completamente mojada cuando su rostro cambió de dirección, suavemente, hacia adelante. Con sutileza cerró sus ojos, suspiró, giró su cuerpo y subió al vehículo, que finalmente la apartó suavemente en la misma dirección que lo hacía el sujeto que minutos antes la aventaba.

El automóvil se alejó dejando surcos de barro cubiertos rápidamente por la lluvia. Atrás quedó el cuerpo del hombre de apetitos insinuantemente pervertidos y enajenados, así lo demostraba su mano derecha aún cerrada, cargando una jeringa.

Las cinco horas de manejo continuo debían invitar la luz del día a revelarse en el horizonte austral, pero el inverno en esos terrenos era mezquino con la luminosidad, cediendo su dominio solo un par de horas a los brazos del astro rey, bien avanzado el día, y abarcaban solo bruma y un frío eterno, casi sin fin. Antonia se encontraba ajena a todo su entorno, y no movía el vehículo de la entrada de aquel pequeño puente que iniciaba la plataforma de embarque. Su mirada se concentraba fijamente en el cartel que indicaba el curso a seguir, los horarios del transfer y las islas que dominaban el horizonte inmediato. Al costado del embarcadero, a unos cien metros de distancia, se encontraba un pequeño hostal, que brindaba cobijo y alimento a los viajeros y pasajeros frecuentes del sector. Su infraestructura era completamente de madera, tipo rústica, asegurando calor y refugio a quienes lo visitaban.

Antonia bajó del vehículo y se dirigió hacia el hostal con pasos lerdos. Al abrir la puerta, la delataron unas campanillas que resonaron chillonamente al traspasar el umbral de madera. Se paró en la entrada y miró a su alrededor, sin revelar sus ojos, cubiertos por su pelo mojado y desordenado. En realidad, su aspecto era terrible. De pronto, la voz de una mujer madura dio eco en sus oídos, fuerte y clara:

—Oye, niña, entra, o nos refriarás a todos. El calor se escapa rápido en estas cabañas.

Antonia cerró la puerta y miró a la mujer que le había hablado. Era una pequeña señora de contextura muy gruesa, la cual vestía un largo delantal que ocupaba todo el espacio a mirar en su parte inferior, y luchaba por cubrir apretadamente el extremo superior del cuerpo. Sus cabellos rizados daban pelea a un gran moño, que coronaba un rostro dulce, poseedor de amabilidad a primera vista. No podía haber amargura en aquellos pequeños ojos alegres.

—¡Mírate! ¡Estás hecha un desastre! No me digas que has llegado caminando hasta acá.

La mujer la miró arqueando sus cejas casi exageradamente, y con su mano derecha le hizo un gesto para que se acercara.

—Disculpe, no sé dónde me encuentro… —la voz de la muchacha sonó muy débil y confusa—. ¿Usted me podría ayudar?, debo llegar a… —no alcanzó a terminar cuando se desmayó y cayó al suelo bruscamente.

Todos los que se encontraban en el lugar se giraron a mirar qué había sucedido, poniendo especial atención a la escena una mujer que se encontraba en la mesa a mayor distancia de la entrada. Portaba gafas de lectura con un color rojo intenso en su marco, y su pelo lucía tomado perfectamente, formando una cascada recta. Tomó un pequeño sorbo de café, resonó suavemente, pero el vapor no empañaba los cristales de sus anteojos. Solo esbozó una pequeña curva en sus labios, quizá fue una sonrisa.

…|M|…

«… Quise ponerme de pie, pero estaba retenido en mi sitio, y en la imposibilidad de hacer ningún movimiento. Un frío glacial traspasó mis miembros, sentí el escalofrío de la fiebre: mis visiones se convirtieron en sueños, y por último quedé dormido».
Conde Jan Nepomucen Potocki de Pilawa.
Científico, historiador, novelista y noble polaco.
† 2 de diciembre 1815.

Sus ojos se encontraban estupefactos con lo que veían, era una cascada enorme que brotaba desde el borde glaciar. No la alimentaba ningún rio, solo emanaba entre el blanco absoluto de su entorno, y al caer, su estela roja rasgaba la nieve y se sumergía con furia en el océano escarchado, apariencia sobrenatural. Era el reflejo de aquella tinta de sangre. Alrededor sentía el murmullo de miles de personas con diferentes lenguas, algunas incomprensibles incluso al oído experto, pero Antonia entendía cada una de ellas, y su eco se repetía en su interior. Sintió cerrar los ojos con fuerza para poder llorar o gritar, se sofocaba, había demasiado calor a pesar de ser un glaciar. Al mirar bajo sus pies observó que la nieve se derretía y se transformaba en una fosa enorme de brasas color negro musgo, sus pies se apantanaban en aquel lugar, no se podía mover. Ya no podía gritar, solo sus ojos se movían con cierta dificultad. Las voces se callaron y todo se volvió silencio espacial, excepto el movimiento de la cascada, eterna y lejana. Esta se formó, en pausa delicada, un solo hilo de líquido rojo, para dar paso a una enorme erupción, abrupta y violenta, destruyendo todo el hielo a su alrededor con un ruido del que no existe registro en este plano, sonido imposible de descifrar para un humano. Antonia solo gritó, o creyó hacerlo.

. . . |M| . . .

—¡Tranquila, muchacha! No grites, estoy contigo, a tu lado. ¡Despierta, por favor! —era lo voz de Marta, la mujer que amablemente recibió a Antonia en la posada—. Eres una niña extraña, supongo que no lo has pasado bien últimamente. Tranquila, estoy contigo. Mírame —susurró estas palabras casi maternalmente.

Antonia se resistía al cobijo de los brazos de aquella mujer desconocida para ella, pero poco a poco cedió al calor que su cuerpo le brindaba. Era agradable y le daba protección, algo que hacía ya mucho tiempo, o quizás nunca, había sentido. Tal vez en la compañía de Carlos, en aquel lugar que la vio crecer, pero siempre fue una sensación pasajera. Antonia miró a su alrededor y se dio cuenta de que se encontraba sobre una pequeña cama, muy confortable, adornada en su superficie con un manto de lana magallánica muy suave, era realmente encantadora. Al separase pausadamente de su protectora, observó que llevaba puesto un pijama con estampados de Hello Kitty, que daban un aura infantil a su aspecto. Sobre una silla contigua había ropa limpia, un jean color negro y blusa del mismo color. Más arriba, en un colgador, una casaca oscura de cuero, acorchada en la parte superior de un gran cuello, simulación de piel de oso color gris. Su asombró fue evidente. Tocó su cabello, que estaba suave y con un aroma a hierbas. Miró a la mujer y se separó abruptamente todo lo que pudo, o lo que sus energías le permitieron.

—¿Por qué me cuidas? Ni siquiera sé tu nombre —dijo con cierto temblor en su voz.

La mujer sonrió y, con suave voz, habló:

—Cálmate, muchacha. Mi nombre es Marta, y el pijama que llevas puesto era de mi hija —su rostro se oscureció y se vio abrumada y nostálgica. Continuó diciendo—, quien ya no está con nosotros. Tú te pareces demasiado a ella. La extraño mucho, y su padre… no pudo soportarlo —no terminó la frase, sino que rompió en un llanto que ahogó lo más que pudo, con su mano sellando sus labios.

—¿Ella está muerta? —preguntó Antonia, y en un segundo se castigó en su mente por haber hecho esa pregunta tan fríamente, y sintió el desatino en sus palabras—. Ella ya no está a tu lado, ¿cierto? —repitió Antonia, esta vez con mayor suavidad en sus palabras.

Marta miró hacia la ventana de la habitación. Antes de pararse, hizo un gesto de profundo dolor anidado en su pecho, y, mirando sin un punto fijo en vista, dijo con suavidad, detonando ensoñación en cada palabra que pronunciaba:

—Se fue hace ya tres años. Salió a navegar por los fiordos de este mundo lluvioso, y ellos se enamoraron de ella, la reclamaron, nunca más volvió. Se fue con su gran amor: el mar —la tristeza en la mirada de Marta era angustiante a los ojos de cualquier testigo de aquella conversación.

Antonia la observó casi con temor de interrumpir sus palabras. Bajó su mirada y dijo:

—Disculpa por ser tan grosera, tú me has cuidado y yo aún no te agradezco. Eres una mujer muy bella, y expresas bondad en todos tus actos. No sé cómo retribuir lo que has hecho hoy por mí.

Marta la miró y soltó un pequeño suspiro.

—La verdad me debes mucho, pero ya tendrás tiempo en tu vida para pagar algún día mi cariño entregado —y sonrió, casi con dulzura, al pronunciar aquellas palabras—. Debes tener hambre, acompáñame. Ya llevas tres días acá, en esta habitación.

Antonia miró alejarse a su casual protectora, y resopló en su mente:

—Tres días...

...|M|...

—**P**or favor, cabo Rosales, no me oculte nada. Dígame todo lo que ha ocurrido.

Lars no podía contener su intriga sobre las palabras de aquel militar retirado. Tal vez solo era un último suspiro de importancia de aquel viejo enfermo para alguien que poco o nada lo conocía.

—Vamos, no se calle. Ahora dígame qué pasó —exclamó Lars.

El hombre lo miró y dijo con voz seca:

—Acérquese, no quiero que nos oigan hablar sobre esto.

A Lars le pareció ridículo su comentario: en kilómetros a la redonda no había ningún humano que pudiera oír siquiera el rugir del motor de su desgastado vehículo, mucho menos sus palabras.

El cabo le dijo nuevamente, esta vez casi susurrando:

—¡Acérquese, por favor!

El joven científico dio dos pasos, los cuales consideró más que prudentes, y su postura se tornó rígida, como en alerta, casi previniendo cualquier movimiento extraño de aquel hombre, que no le brindaba confianza.

—Escúcheme bien, jovenzuelo, porque lo diré solo una vez, y luego usted verá por su cuenta qué hace. Está claro, ¿verdad? —exclamó finalmente el anciano. Lars asintió con su cabeza, sin pronunciar palabra alguna.

—A los pocos días de que usted se fuera al continente a arreglar sus cosas familiares, llegaron dos vehículos enormes, de esos que trasladan conteiner, y se dirigieron hacia el lugar que usted investigaba. Me pareció extraño, porque arribaron de noche, y acá no hay transbordador en esas horas. No llevaban ninguna identificación. Además, eran escoltados por dos vehículos pequeños todo terreno de color negro, igual a los que aparecen en las películas de acción —tomó una pausa para seguir, como adicionando dramatismo a su relato. Lars lo miraba sin pestañar, atento a todo detalle—: Ahí fue cuando me pareció extraño, nadie viene por acá en ese horario, así que provisioné algunas cosas y tomé su vehículo —el militar retirado esperó alguna reacción de Lars sobre aquello, pero el joven ni siquiera mostró algún ademán de molestia—. Fue un largo camino hasta llegar hacia ese lugar, ¿sabe?, uno se puede perder a pesar de llevar toda una vida aquí. Manejar en estas rutas y de noche se hace eterno —tosió un poco, tragó algo de saliva y exprimió su cigarrillo, que envolvía su mano con un denso humo—. Bueno, como le decía, estos tipos instalaron una especie de campamento alrededor de su roca. Fue muy rápido, uno se sorprende de lo que se puede hacer con recursos. Había luces enormes que dirigían sus focos desde pequeñas torres a unos metros de distancia, además, armaron una enorme carpa que los protegía de la lluvia, y podían trabajar en el lugar continuamente. Lo sé porque yo estuve ahí, observando, durante cinco días —detuvo su relato abruptamente, y nuevamente estrujó su cigarrillo, sus labios esta vez obtuvieron una onda bocanada. Lars lo miraba fijamente y no interrumpía sus palabras. Por fin volvió a su historia, después de expulsar el humo que contenía en su interior—. Al quinto día tomaron todo y se fueron de forma rápida, sin dejar rastro de su trabajo. Se llevaron incluso su piedra. La extrajeron del suelo, era un enorme bloque de piedra. Se veía que estaba muy profundo en el suelo, enterrada...

Lars lo interrumpió por primera vez, exclamando con nerviosismo:

—¡Se llevaron el megalito! ¿Está seguro de lo que dice?

El exmilitar lo miró con desdén y clarificó en el acto:

—Yo no miento, jovenzuelo. Esto puede ser una violación a nuestro territorio nacional, solo por ello fui hasta ese lugar, ¿o cree que estoy preocupado por su mega no sé qué?, o como se llame —sus palabras fueron secas, pero el joven científico las ignoró por completo, y preguntó rápidamente:

—¿Está seguro de que no llevaban ningún logo o identificación? ¿No vio algo con que se pudieran identificar? No sé, alguna sigla, sus placas...

El cabo lo miró, sonrió irónicamente y le dijo:

—Usted debe pensar que soy un amateur en cuestiones de este tipo. Obviamente no llevaban ninguna identificación o sigla, siempre es de ese modo cuando se quiere sigilo o resguardo de los curiosos.

Lars comenzó a divagar en su mente quiénes podrían tener interés en este estudio, o lo que era peor, en esa roca. Evidentemente para él, eran lo suficientemente poderosos para poder transportar todo ese equipo al extremo sur del planeta y el porqué de no identificarse.

—Gracias, Rosales, por la información y por el cuidado del Jeep —apenas terminó de pronunciar esas palabras, Lars subió rápidamente a su vehículo y se dirigió a donde había iniciado su investigación.

Ahora su cerebro viajaba mil veces la velocidad de sus preguntas, buscando respuestas. Eran demasiadas interrogantes. Tomaba sentido, o eso creía él, todo lo ocurrido al estudiar ese monumento y sus signos impresos, sus visiones ya tenían algún asidero para su raciocinio lógico: esa no era una roca cualquiera, existía algo mayor en esta historia, y él era parte de ella. La ciencia, sedienta de conocimiento, que corría en sus venas hervía con una energía que no había conocido hasta ese momento, su corazón indicaba que desde ese momento su vida cambiaría para siempre, y su miedo a lo desconocido desapareció por completo. Ahora solo quería saber más.

Al llegar al sitio, desde lejos, no se divisaba cambio alguno en el lugar. Pensó que todo podría haber sido una broma de aquel viejo militar retirado. Pero, al llegar a un par de metros, su rostro no contenía su asombro: la roca no estaba en su lugar. En cambio, existía una enorme extensión de tierra removida ligeramente notoria, pero que evidenciaba el rastro de la manipulación.

—¡No puede ser! ¿Cómo es posible? ¿Qué significa esto? —exclamó con desesperación. Miró a su alrededor, posó sus manos sobre la superficie, como buscando alguna pista, y comprobó que allí ya no había nada de su interés.

…|ᴍ|…

El frío ambiente al borde del precipicio en el término del continente invitaba rápidamente a la noche, que danzaba etéreamente con las penumbras de un pasado distante y conmovido por el dolor ancestral de quienes alguna vez habitaron sus nobles tierras. El manto estrellado estaba a solo un palmo de distancia de quien lo observara, y sus luces de gélido color aural seducían la vista de todo ser que habitara este plano. Eso pensaba Lars al contemplar desde su vehículo el horizonte de Tierra del Fuego. Sentía angustia y ansiedad por saber qué pasaba a su alrededor, no lograba entender aún qué ocurría, quiénes eran aquellas personas, por qué se llevaron su roca, qué interés podrían tener en ella y cómo poseían tan alto nivel de recursos para algo que aparentemente no tenía mayor significado que el científico. Sus dudas se matizaron en la noche, y se confundieron con el sueño y el cansancio de divagar por horas, con una mente doblegada a la imposibilidad de entregar respuestas. De pronto, despertó con suavidad. Aún existía noche a su alrededor, una suave melodía se escuchaba, era el canto de una mujer. Una voz chamánica daba ritmo a palabras incomprensibles al oído del humano contemporáneo. Finalmente, la voz se acercó a tal punto que su sonido podría encontrarse al costado de Lars, casi susurrando directamente en su oído izquierdo. Levantó su cabeza con rapidez y miró rápidamente hacia el exterior de su vehículo. Nada había, solo oscuridad.

—¡Es un solo un sueño! —se dijo con voz segura.

Cerró sus ojos nuevamente, pero la voz siguió, esta vez desde lejos. Bajó del vehículo rápidamente, y con su linterna enfocó trescientos sesenta grados a su alrededor, sin visualizar nada. Volvió a verificar, pero no se atrevió a preguntar si había alguien. Inclinó su cabeza hacia arriba y pensó en sus padres, en cuánto los extrañaba, al tiempo que una mano se posó sobre su hombro derecho, y lo último que sintió fue el doblar sus rodillas y desfallecer, perdiendo el conocimiento.

. . . |M| . . .

Al bajar de la habitación, Antonia se sintió abrumada en los segundos que demoró en transitar por aquella pequeña escalera espiral de madera nativa y acero forjado. No entendía cómo era posible que hubiera estado tres días dormida y su cuerpo se sintiera tan fuerte. Su descanso realmente había surtido efecto en ella, pero necesitaba comer rápido, su hambre nublaba cualquier razonamiento lógico en esos momentos. Cuando logró bajar su pie del último peldaño, alzó su vista, su rostro cambió bruscamente y sus ojos agudizaron el campo de visión.

—Querida Antonia, tal como te dije hace ya bastante tiempo, eres muy escurridiza y difícil de encontrar.

La directora le sonrió, su aspecto esta vez era diferente: su traje era ajustado y vestía de forma oscura; con jeans muy ceñidos y unos zapatos de campaña tipo militar, negros, perfectamente acordonados; su casaca era negra, de cuero. Antonia la sentía muy segura de su posición, no como la última vez que se habían encontrado, donde fue conciliadora y se veía insegura. La acompañaban cuatro tipos altos, todos de tez muy blanca, pelo blanco cano y largo hasta sus hombros. Sus vestimentas eran extrañas, ya que todos vestían largos abrigos religiosamente oscuros, que no dejaban ver nada bajo ellos.

—Bueno, querida, creo que podré esperar a que comas el abundante desayuno que preparó nuestra adorable amiga, Marta —dijo la directora con sarcasmo—. Debes tener demasiada hambre, y te vez cada día con mayor fuerza. Yo diría que tu amigo Carlos no te reconocería desde la última vez que vio.

Antonia examinó todas sus opciones para salir de ese lugar, pero su voz interior le decía que en todas ella debería luchar, y no quería lastimar a Marta, a quien le había cogido cariño, a pesar de haber hablado tan poco con ella.

—Creo que tienes razón —finalmente respondió—: debo alimentarme. Además, nunca despreciaría algo que Marta hubiera preparado para mí.

Miró a su casual amiga y le guiñó un ojo. Marta tenía su rostro tenso y asustado, no sabía qué pensar. Antonia sintió su angustia y le dijo, improvisando, con voz calma:

—Querida amiga mía, ¡no te preocupes! Comeré lo que has preparado y nos iremos pronto con mis amigos, para que tú puedas seguir con tu vida tan normal como hasta ahora. Eres una mujer increíble, nunca olvidaré lo que has hecho por mí. Lo prometo.

Antonia siguió con su caminar seguro hacia la mesa en que se encontraba la directora. Los extraños hombres hicieron el movimiento de rodearla, pero un gesto de la mano de Claudia lo impidió.

—No creo tengas problema con que te acompañe, bebiendo un exquisito café de trigo, hecho con las afanosas manos de tu amiga —la directora sonrió—. Vamos, Marta, sírveme. Puedes hacerlo, ¿cierto?

La amable mujer cogió con rapidez y cierta torpeza una antigua cafetera, eternamente tiznada por el tiempo y el calor de las brasas, que se encontraba posada sobre una cocina de acero, alimentada por leña del sector y que hacía varios minutos bullía, denunciando su trabajo terminado. Marta colmó de agua la taza de Claudia, y el aroma de café de trigo inundó el lugar, dando una calidez de hogar y ensueños, ya casi extintos en este tiempo.

—Casi había olvidado lo bueno de algunas cosas en este plano. La existencia no es tan mala cuando te das el tiempo de disfrutar un poco... ¿no crees, Antonia? —la voz de Claudia resonó conciliadora, pero colmada de autoridad.

Marta la miró con miedo, y sus palabras no lograron cambiar su rostro de preocupación. Se retiró con urgencia y se ubicó al resguardo del mostrador de su antigua y rústica cocina.

—Hoy estás demasiado callada, Antonia. ¡Perdón! ¡No sé dónde dejé mis modales! Esperaré a que puedas desayunar. Necesitarás tus energías a tope, eso te lo aseguro, querida amiga.

La muchacha no respondió, solo se limitó a seguir comiendo en abundancia y tratando de no ahogarse con los bocados que había dispuesto Marta para ella. Sus sentidos se encontraban perdidos, degustando la exquisita paila de huevos revueltos y el pan amasado, que era insuperable, nadie podría nunca hacer alguno tan bueno como aquel. Su taza desbordaba de leche con café de trigo, cuyo sabor evocaba recuerdos que nunca ella podría haber tenido, pero imaginaba que así era Marta con su hija, antes de que esta partiera a su viaje sin retorno a manos del océano.

—Realmente nunca te olvidaré, Marta. Tus manos tienen un toque insuperable, tu desayuno es perfecto, y se nota cariño en él. Gracias —Antonia la miró y sonrío sinceramente. Sintió que nunca había logrado demostrar ese gesto de amabilidad y agradecimiento en toda su vida. Trató de ser lo más expresiva posible, para dar tranquilidad a su amiga.

Una vez terminado su desayuno, Antonia miró fijamente a la directora, y su rostro cordial ya no existía. Posteriormente, le dijo de forma seca:

—Salgamos de acá, y de una vez por todas me dirás qué buscas en mí, y responderás a todo lo que pregunte, porque son demasiadas dudas. Y si descubro que tratas de engañarme, tú y tus amigos no podrán seguirme nunca más… —se puso de pie y caminó hacia la puerta de salida, no sin antes dejar una última mirada a Marta, quien se la retribuyó, o eso pareció, al menos.

—No tan rápido, Antonia. Como comprenderás, tus últimos actos no son del todo corrientes. Ese hombre que tan amablemente te dio un aventón no se veía muy feliz de que tú fueras su pasajera de viaje. Así que, ¿qué te parece si conversamos en este lugar? A solas, si lo prefieres, pero mis amigos estarán alrededor de esta adorable cabaña, solo por seguridad… Descuida, ellos no tienen secretos para mí, somos del mismo bando.

Antonia detuvo en seco sus pasos, pensó salir corriendo del lugar, solo se encontraba a un par de metros de la puerta… pero quería saber, necesitaba entender qué ocurría, y era una buena oportunidad para lograr descubrir algunas cosas. Se giró y se dirigió, con sigilo, hacia Claudia, tomó asiento a su costado y la miró fijamente.

—Está bien, te escucho. Solo recuerda que ya no soy la pequeña niña del internado, ya no soy la adolescente que tenías acompañada de psiquiatras y fármacos, he cambiado mucho y mis instintos también. Las habilidades que ahora poseo son indescriptiblemente mejores desde la última vez que nos encontramos. Lo digo solo para que seas sincera —Claudia la miró sin fijar su mirada en sus ojos. Suavemente, su voz respondió con sarcasmo:

—Nunca has sido una niña, y tú lo sabes.

Lars despertó con una extraña sensación. Su cuerpo se encontraba totalmente tendido en el suelo, y sus ojos miraban hacia el cielo completamente oscuro, tal y como lo había dejado de ver, según recodaba, antes de desmayarse. Pero había algo distinto, y no sabía cómo explicarlo. Logró sentarse y mirar a uno y otro costado, finalmente se puso de pie. Se encontraba en el borde de una saliente que daba hacia el mar, y quedó asombrado al ver cómo las estrellas se perdían en el horizonte, creando un enorme espejo entre el cielo nocturno y el océano. De no ser por sus pies en la tierra, no sabría distinguir el cielo del mar.

—¿Cómo he llegado a este lugar? Por favor, no jueguen. ¡Basta, por favor!

Gritó y giró rápidamente, pero no vio a nadie, solo un murmullo en el mar a lo lejos: las olas rompiendo bajo sus pies en el acantilado, que finalizaba en la saliente del continente. Una voz rítmica y ligera viajó con el viento, suavemente, acompañando el sonido de las olas; otra voz, pero con distinta melodía, aunque mismas palabras, era envolvente; y ambas aumentaron su vibración. Emanaban desde el océano frente su rostro, pero Lars no veía a nadie. Sus ojos luchaban por descifrar su procedencia, pero nada distinguía en aquel espejo tierra-mar, solo el cielo le parecía familiar. Al fin sus ojos reconocieron dos figuras difusas lejanas, ambas sobre el océano, a la altura de la saliente. Se acercaban ligeramente, al igual que la melodía, con tintes chamánicos. Quiso gritar, pero no pudo. Sentía estar hipnotizado por las luces que danzaban y acompañaban de manera sincronizada a las dos figuras. Él ya las conocía, eran las mismas imágenes que había visto antes frente sus manos, y simulaban genomas entrelazados, o algo parecido, según él entendía. Ellas giraban ascendentemente, envolviendo a las figuras centrales.

A esa altura él ya no dudaba de que se trataba de dos personas. Nunca había tenido un sueño tan alucinante, pensó, porque claramente nada de ello podía ser posible.

—Debo estar soñando… ¿cómo puede haber tanto detalle que logre hipnotizar mi mente? Es hermoso —dijo Lars para sí mismo.

La luz de la luna solo permitía visualizar sus siluetas, y ahora se encontraban a un par de metros de distancia. Ambas figuras humanas flotaban sobre la saliente. Se representaban de forma material, no como un holograma o algo similar. Una de ellas extendió un brazo e indicó hacia el horizonte lejano en dirección sur. Era la más alta, la que parecía ser el cuerpo de un hombre.

—¿Qué debo ver? ¿Qué me quieren mostrar?

Extrañamente, Lars no cuestionó su presencia o quiénes eran. Sentía saber ya la respuesta.

—¿Hace cuánto tiempo dejaron estas tierras? —preguntó, seguro, creyendo entender, extrañamente, de quiénes se trataba. Lo intuía en su interior, algo se lo decía.

Descifraba con cierta facilidad, finalmente, la figura de menor tamaño, quizás una mujer anciana, por la contextura que se visualizaba. Reflejó un resplandor en sus manos, de las que, con sus palmas extendidas hacia arriba, emergieron figuras similares a las que rodeaban a las dos personas, pero de menor tamaño. Su luminosidad era cegadora, danzaban en direcciones opuestas las unas de las otras.

—¡Lo siento, no entiendo su mensaje! ¿Qué es lo que debo hacer o entender? ¡Por favor, ayúdenme! ¿Qué quieren de mí? —exclamó finalmente Lars.

Rompió en llanto y sus rodillas tocaron el suelo, ambas al mismo tiempo, con su rostro buscando protección en dirección a sus pies. Pasaron segundos, quizá minutos. Al levantar su cabeza, las dos personas se encontraban a su costado. Al subir su mirada descubrió a un joven y una anciana, ambos originarios de alguna etnia del continente, por sus características vestimentas y rayados en sus cuerpos. Sus ojos no daban crédito a lo que veían.

El viento resopló en el rostro de Lars, moviendo sus cabellos. Era helado, pero no al grado de una sensación polar. Sus pupilas se extendían al máximo, su boca se encontraba semiabierta. Quería preguntar y seguir preguntando, pero ya no era necesario emitir sonido alguno con su voz, todo era transmitido a una velocidad impresionante desde las mentes de aquellas dos figuras con forma humana. El diálogo solo tenía una dirección: desde ellos hacia Lars, hasta el punto de abrumar al joven científico con toda la información que recibía. Su mente sentía explotar, transcurriendo en un instante, o en muchas horas, no era posible saberlo con claridad. Todo ya tenía sentido para él, por lo menos eso creía en su interior. Lars fijó sus ojos en la figura de la anciana, con voz suave y melancólica habló, arrastrando cada letra:

—Fueron demasiados milenios para despertar al conocimiento. Tu raza entiende que el hombre algún día debe acceder a un nivel superior, o la extinción de nuestra especie será finalmente sellada en esta burbuja dimensional. No sé por cuánto más...

La anciana nuevamente indica con su mano en dirección sur. El joven científico giró su cabeza y susurró una palabra:

—Trascender.

Ambas figuras asintieron con sus cabezas. El joven chaman posó su mano sobre el hombro de Lars, y, por primera vez, habló con voz clara y fuerte, como el viento de septiembre:

—Tu sangre es la llave, pero también es el claustro para nuestra raza. Abandona tu cuerpo sin entregar todo, tu ascendencia fracasará donde el hombre ha triunfado. La sangre debe cerrar este plano para renovar la energía de otros.

La figura con apariencia de un joven shelkman retiró la mano de su hombro y retrocedió casi imperceptiblemente, en segundos ya su distancia era imposible de observar para el ojo humano. Ambos desaparecieron, dejando solo el reflejo de una luna gigante posada sobre el extenso océano. Lars contempló por última vez el paisaje, sabía que al cerrar sus ojos volvería al lugar donde se había desmayado. Tomó aire profundamente y fingió una pequeña sonrisa. En segundos despertó dentro de su vehículo, ya se encontraba rodeado por la luz del día. Su rostro era distinto, reflejaba cierto resplandor tenue, el brillo de sus ojos era penetrante y su semblante parecía demostrar decisión. Su energía era casi palpable.

—Debo llegar a Punta Arenas y tomar un vuelo antes de que el invierno me impida ingresar, pero ¿cómo entraré al continente blanco?

. . . |M| . . .

—¡Marta! Es mejor que subas a la habitación donde hospedaste a nuestra querida amiga, Antonia. Lo que charlemos ella y yo no es de tu incumbencia. Créeme, es mejor que subas, o deberé acabar con tu existencia —la voz de Claudia expresaba autoridad.

Antonia miró a Marta casi con dulzura, y asintió con su cabeza, como autorizándola a retirarse. La mujer caminó con premura las escaleras y desapareció de la vista de ambas.

—Bueno, soy toda oídos. Dime, ¿quién soy y dónde están mis padres?, porque ellos no están muertos, ¿cierto? —preguntó Antonia, con rostro de pocos amigos.

La mujer inclinó su cabeza junto a sus anteojos de color rojo intenso, y entendió que esta vez Antonia estaba decidida a averiguar todo. Al parecer, ya sospechaba que algunas cosas no eran tan verídicas en su vida.

—¿Hace cuánto tiempo que no hablas con Carlos? ¿Recuerdas su rostro, el tono de su voz o el aroma de su piel? —Claudia la miró fijamente a los ojos, pero Antonia no emitió sonido alguno—. Debes preguntarte qué hacemos acá, quiénes son esos hombres, quién soy yo. Pero, dime, ¿recuerdas a Carlos?

Antonia sintió que esa pregunta le destrozaba su corazón: en todo este tiempo solo una vez pensó en su amigo, y fue cuando huyó del cautiverio de la directora.

—¿Por qué me preguntas por Carlos? ¿Qué tiene que ver él en nuestra conversación? No veo la relación en tus palabras —dijo la muchacha, con rostro de dudas.

—Querida Antonia, solo responde mi pregunta: ¿recuerdas el rostro de tu amigo? Por tu rostro veo que no lo puedes visualizar. ¿No te parece extraño que eso ocurra? Eres joven, no tienes patologías que afecten tu memoria, alteren tu sistema inmunológico o que dañen tu mente.

Esta vez la directora tomó una pausa. Nuevamente miró de forma fija a la muchacha, y dijo secamente:

—Por última vez te pregunto, ¿recuerdas a Carlos?

La mirada de Antonia se mantenía perdida en sus propios pensamientos. No comprendía el porqué de no poder ver el rostro de su amigo. Evocaba situaciones en las que compartió junto a él, esforzaba sus recuerdos, pero nada resultaba, simplemente su rostro, voz y mirada se perdieron en el tiempo, en las paredes y rincones de su memoria. Fijó sus ojos en Claudia y exclamó con angustia:

—¡¿Qué ha pasado?! ¡¿Por qué no lo recuerdo?! Sé que fue importante en mi vida, pero no logro visualizar su rostro —la joven se mostró, por primera vez, débil en sus palabras ante la directora.

—Antonia, esto tiene una explicación muy simple, aunque para ti en estos momentos sea incomprensible o no tengas consciencia de ello. Tú has evolucionado a un estado superior, tanto genética como esencialmente. Tu mente solo guarda lo que implica reafirmar tu ser, abastece tu Yo interior, abandonando las cosas que signifiquen debilidad. Has mutado en todos los aspectos que corresponden a tu edad cronológica humana, y tus genes reclaman su esencia.

La muchacha interrumpió a su persecutora, claramente consternada con lo que le revelaba, pero sin entender mucho de lo que escuchaba; y preguntó bruscamente:

—¿A qué te refieres con «esencia»? ¿Qué estás diciendo? ¡No entiendo nada!

Claudia la miró y esbozó una pequeña sonrisa que se mostraba luminosa a través de sus labios adornados de labial rojo intenso, lo que contrastaba con la palidez de su rostro. Se levantó y dio algunos pasos hacia la puerta de salida, giró suavemente su cabeza, miró a la joven, que la seguía atentamente con su mirada, y le dijo con la decisión que solo otorga el conocimiento absoluto y la certeza de saber lo que se dice:

—Antonia, ¿recuerdas tu escape? ¿Cómo crees que lo lograste? ¿Recuerdas tu encuentro con aquel desafortunado desgraciado? Sabes que has cambiado. Tus lagunas de memoria, tanto de corto plazo como las de años, son producto de tu evolución.

La mujer giró sobre sus pies y, dando la espalda, dijo cortantemente:

—Tu ascendencia no es de este plano. Tu genética ha despertado, tras miles de años, en este tiempo. No tienes idea de lo importante que eres, lo trascedente que es tu existencia, tus genes...

Se detuvo, tomó aire y bajó su mirada. Sin dar vuelta, dijo con voz profunda:

—Tu linaje no es de este mundo.

...|M|...

Las llamas embaucaron en pocos segundos la pequeña posada de Marta, quien a esas alturas ya debería haber muerto, producto de la asfixia que provoca el humo mucho antes de que el fuego posea la carne. Afuera, el frío era desgarrador, e incluso traspasaba la cabina de la moderna embarcación sin siglas y señal aparente que identificara su procedencia o nacionalidad. Esta seguía apartándose del continente, en busca del mar magallánico, avanzando contra las olas crispadas sin mayor esfuerzo. Se abría camino decididamente, como punta de lanza, sin descubrir su objetivo: llevar a Antonia pronto ante el concilio, que esperaba en un lugar indescifrable incluso para los filtros satelitales que vigilaban el mar antártico, ocultos ante los ojos de la humanidad, pero siempre presentes en todo evento excluyente. El concilio ya había esperado demasiadas centurias y generaciones.

Ese destino seguía Antonia en la cabina de la moderna nave trasatlántica, bajo los efectos de la potente droga que la adormecía y segaba su visión. Había sido disparada en su cuello por uno de los hombres que acompañaba a Claudia mientras la muchacha, distraída, trataba de salir del asombro de las palabras que había escuchado y no podía comprender. Sin embargo, las analizaba sigilosamente en su mente, provocando ecos en la profundidad y rincones de su ser, y estremeciendo todo lo conocido por ella, lo concebido como ciertos fragmentos de una posible realidad.

...|M|...

«Falsa verdad, falsa luz la de Galileo, que sobrevivió a sus tormentos,
dejando escapar de sus labios la melodía que sus captores querían oír.
Falsa verdad, como este tejido que solo nos presenta lo que podemos aceptar,
nada más, nada menos, aunque nuestra vejez nos desmienta con la lucidez de los años,
y la vergüenza perdida de no querer saber más
Falsa verdad la de Galileo».

Dos tiempos.
JhhGonzález.

La plataforma se veía distante desde el laboratorio. A ratos parecía mecerse, producto de algún movimiento en los eternos bloques de hielo que conformaban la bóveda gélida, los cuales contenían los fragmentos de las ruinas alienígenas, descubiertas ya hacía algunos meses por la inteligencia militar de Britania. La doctora Sophia parecía inmersa en sus pensamientos y cálculos respecto de los últimos estudios efectuados sobre la composición de las imágenes escaneadas vía ultrasonido, formando retratos tridimensionales de cada milímetro de la estructura. Sentía cada vez más cerca el conocimiento sobre su estudio, pero este incrementaba el número de interrogantes. Sus dudas no se relacionaban con qué significaban los genomas impresos, o qué eran en exactitud, eso ya lo comprendía claramente: sabía a ciencia cierta que formaban parte de una estructura biológica extraterrestre, o por lo menos no del mundo conocido. Lo que la inquietaba era la conformación de las estructuras, cómo delimitaban su espacio en el suelo y cómo dirigían sus dos torres hacia el cielo. Entendía que podían comprometer cierto mecanismo entre las figuras y las cavidades con tallados que formaban las figuras de los genomas dibujados, o más bien impresos, tridimensionalmente en la aleación de metal.

—Doctora, creo que fue una acertada decisión que usted tomara el futuro de esta investigación, siento que sus análisis nos guían hacia el propósito de esta estructura. Porque ornamentales no son, de eso estoy seguro —puntualizó el Mayor Doran.

—Significan algo distinto a lo que usted ha mencionado, Mayor... Pero tampoco podemos descartar del todo que simplemente sean algún tótem o un mensaje abandonado a propósito por alguna raza distinta a la humana, hace millones de años, indicándonos que estuvieron aquí y que por alguna razón se marcharon —susurró Sophia en posición de análisis, apoyando su mentón sobre su mano derecha.

—O simplemente se marcharon. Quizás han delimitado su territorio, advirtiéndonos que volverán a reclamar lo que creen suyo. Tiene razón en eso, doctora: no podemos descartar nada. Por eso son tan importantes las conclusiones de sus avances, sus indicios no guiarán a entender a qué nos enfrentamos. Estoy ansioso por su presentación mañana, obtendremos más información sobre estas estructuras, que ya a estas alturas están consumiendo mi vida.

El oficial dio media vuelta con paso rápido hacia la plataforma interior, que resguardaba las oficinas de operaciones, no sin antes suspirar exageradamente para retirarse del lugar.

Sophia ultimaba los detalles de su informe cuando sintió las palabras de su colega de investigación, el doctor Aarón, solicitando permiso para ingresar a su pequeño estudio. Sophia lo autorizó a pasar, cerrando presurosamente la pantalla de su computador.

—Creo que nunca me acostumbraré al frío de este lugar —dijo Aarón con su habitual tono amigable—. No sé tú, pero cuando esto termine, tomaré unas largas vacaciones en alguna playa, lo más lejos posible de cualquier polo de la tierra.

Sintió que sus palabras no conmovían el rostro de seriedad de la doctora Sophia, quien lo seguía con su mirada, demostrando desconfianza abiertamente.

—Veo que no estás muy comunicativa hoy, Sophia. Espero que no sea por mi interrupción, no he querido importunarte… Bueno, iré al grano, entonces —Aarón la miró fijamente y se acercó al rostro de ella hasta el punto exacto que indicaba la prudencia—. Yo solo quiero hacer dos preguntas. La primera a la doctora, y la segunda a la mujer que hay detrás de esa mirada de hierro —los ojos del científico se juzgaron intrigantes y escudriñadores sobre alguna posible reacción de Sophia.

—Dime, Aarón. Soy toda oídos para tus *dos preguntas* —exclamó la doctora con tono irónico—, pero sabes que no puedo adelantar nada de la investigación, y menos sobre mis conclusiones. Estos datos los he analizado en su mérito y peso científico por separado y en conjunto, considerando el aporte de cada uno de nosotros, entregando aportes importantes a las conclusiones. Ahora, si el mayor Doran necesita compartir con ustedes estas conclusiones, es algo que él deberá decidir.

—Como siempre, adelantando tus hipótesis… Bueno, mis preguntas tienen que ver con este descubrimiento, efectivamente, pero no en el sentido que tú le das. Dime, ¿qué crees que pasará una vez presentes tus conclusiones al mayor Doran? Las utilizará, definitivamente, en la continuación de la investigación… —no alcanzó a terminar sus palabras, un soldado en busca de Sophia los interrumpió bruscamente.

—Doctora, el mayor Doran la necesita de inmediato en el salón de presentaciones, y me pide que la escolte. Lleve sus análisis e informes ahora, por favor —dijo con tono casi de advertencia.

Sophia miró con nerviosismo al soldado, y le replicó en seco:

—Está bien, saldré de inmediato. Por favor, espere afuera de la habitación.

Dirigió su vista a Aarón y le dijo suavemente:

—Querido amigo, tú sabes que lo que haga el ejército, o la marina, o quien sea no es de mi incumbencia y me tiene sin cuidado. Con los antecedentes proporcionados, no creo puedan hacer mucho, ya que deberán seguir investigando, y nos necesitan aún. Por lo menos eso creo.

—En serio, eres mucho más ingenua de lo que pensaba. Serás la responsable de gatillar el aviso a otra especie de que ya estamos listos para recibirlos, para lo que sea que quieran venir o enviarnos.

Las palabras de Aarón fueron en tono severo y demostrando gravedad.

—Creo deberías esperar, antes de darles a conocer cómo funcionan teóricamente esas estructuras… Porque ya lo sabes, ¿cierto? Debemos comprender mejor y estar seguros de que no estamos cometiendo un error, y ser víctimas de nuestra propia curiosidad.

Los ojos de Aarón brillaron con urgencia sobre la mirada de Sophia.

—Es por ello que el mayor Doran me eligió para guiar esta investigación —dijo la doctora en tono cordial—: mi ambición de conocimiento es mayor a la tuya, pero nunca pondría en riesgo nuestro futuro como especie. Mis conclusiones están dirigidas a seguir investigando, a tratar de hacer funcionar este aparato... Bueno, ya es hora de que me vaya. Espero me desees suerte, porque de mí depende el éxito para todos, y que nuestros nombres queden inscritos en la historia, incluso el del inepto de Kendall.

Sophia tomó una pausa, detuvo su recolección de hojas y carpetas de forma apresurada, y, levantando su rostro, miró a su colega y le preguntó:

—Tengo una duda, ¿cuál sería tu pregunta hacia mí como mujer?

Aarón bajó su mirada y susurró:

—Ya no tiene sentido hacerla, Sophia. Veo que tu opinión difiere demasiado de mi intuición.

...|M|...

La habitación se encontraba a media luz, Sophia no podía identificar con claridad los rostros de las tres personas que compartían junto a ella aquel conteiner improvisado como salón de reuniones, todos ellos sentados alrededor de una gran mesa ovalada, infaltable de los gabinetes ejecutivos. Ella se encontraba de pie y demostraba nerviosismo mientras trataba de manipular las proyecciones tridimensionales. La presentación transcurría en horas aletargadas, y se sentía un ambiente denso en el salón. Los presentes seguían, sin interrumpir, el análisis desarrollado por la científica. Finalmente, y luego de cuatro horas, los planteamientos terminaron por parte de la doctora, quien pasaba a tomar asiento con un rostro descompuesto y estresado, solicitando a gritos interiormente algún comentario de los presentes o algún café que le hiciera sentir viva.

—Por favor, señor Paul, ¿podría usted encender las luces? El interruptor está a su costado —fueron las primeras palabras del mayor Doran—. Gracias, almirante.

El Mayor esbozó una pequeña sonrisa e hizo un guiño a la científica, quien trataba de identificar su rostro mientras acomodaba su vista a la nueva luz del lugar.

—Muy bien, señores, los tres somos conscientes de los avances y conclusiones del informe presentado por la doctora Sophia, creo que ya tenemos algunas certezas que involucrarían tomar decisiones y los pasos a seguir

La voz del mayor Doran sonó segura. Demostraba liderazgo y rango en el asunto a discutir.

—Debemos sopesar muy bien nuestras acciones, lo que determinemos será clave en adelante para nuestra nación —tomó pausa en sus palabras y bajó la voz, como si alguien los pudiera escuchar—. Es la supervivencia de nuestra especie la que está en juego desde hoy.

La mirada del mayor Doran nunca había sido tan severa como en aquel momento, por lo menos eso pensó Sophia.

—¿Y acaso no lo está siempre, mayor? Tenemos armas desarrolladas con el poder de destruir medio planeta desde hace décadas.

La voz provenía del almirante Paul Turner, un oficial de gran influencia en los proyectos de investigación genética de la Real Marina de Bretaña desde finales de los años 70 del siglo pasado. Era considerado el hombre tras el poder, ligado a diferentes asuntos de inteligencia de la mayor implicancia internacional, asuntos que los gobiernos británicos ya no reconocían como situaciones oficiales. El almirante era un oficial de personalidad conservadora, nunca daba por sentado ningún asunto, y mucho menos si se trataba de la protección o seguridad de su país. De rostro desgastado, con ojos ojerosos y cabello color cano, su contextura gruesa y estatura mediana solo se imponía por su traje de alto rango militar, con los honores propios de la Real Marina Británica.

—Almirante, su percepción sobre seguridad internacional sigue tan trasnochada como lo es la Guerra Fría, y usted convendrá conmigo en que eso suena un poco paranoico, considerando la época en que nos encontramos —Doran lo miró, buscando reacción en el rostro del oficial, no encontrando eco de sus palabras—. Ya no es cosa de bombas nucleares o de proyectos de destrucción masiva, hoy la situación implica la palabra extinción o aniquilación de la especie, si no tomamos los recaudos necesarios para avanzar en el contacto con otra inteligencia, que, al parecer, es bastante superior a nuestra especie. Debemos asumir muchas cosas, o descartar otras, pero no podemos dudar que en cualquier sentido nuestra especie se encontrará en peligro —Doran terminó con tono de gravedad en sus palabras.

—No entiendo por qué asume un escenario tan apocalíptico, Sr. Doran. A menos que usted sepa algo que nosotros ignoremos —las palabras de Paul sonaron desconfiadas.

—Créame, almirante, que todo está contenido en la presentación de la Dra. Larsson. Y, aun así, tengo demasiadas dudas —sentenció Doran de forma defensiva.

El almirante giró su rostro, y por primera vez, fijó su vista en Sophia. Sin mediar más tiempo, preguntó, directo:

—Doctora, ¿debo asumir que es todo lo que usted sabe?, ¿no oculta nada? —esperó ver la expresión de la científica, como averiguando algún atisbo de dudas, pero Sophia no movió ningún musculo de su rostro—, o quizás haya algo que usted sospeche, o crea que nosotros no encontremos relevante —continuó diciendo.

Sophia finalmente respondió, una vez encontró las palabras adecuadas:

—Señor Paul, ante todo soy científica, y no fluyo en torno a suposiciones. Lo que yo crea es irrelevante en consideración a los hechos. Las suposiciones no son parte de mi investigación.

—¿Y si cambiara la pregunta, doctora Larsson? —Sophia miró al almirante con signo de interrogación evidente en su rostro—. Entiéndame usted, doctora, ¿y si yo le preguntara qué suposiciones, cree usted, no podría demostrar aún con su investigación?

Sophia respondió con intriga:

—No entiendo, señor, a qué se refiere usted con «suposiciones».

—Creo que el señor Paul ha sido lo suficientemente claro con su pregunta, doctora. Solo necesitamos la total sinceridad de su parte ante este tema —el dueño de la afirmación era la tercera persona presente en la sala, en quien Sophia ni siquiera había puesto atención.

—Disculpe, me parece que no nos han presentado —dijo Sophia con voz segura, tratando de ganar tiempo ante el interrogatorio del que era presa.

—Perdone mis modales, doctora. Mi nombre es Roland Cross, soy miembro de la Agencia de Asuntos Especiales Británicos de Inteligencia. No trate de hacer cuadrar sus siglas, ya que no las usamos nunca.

A Sophia le llamó la atención el sepulcral traje negro que llevaba en esos momentos, con camisa blanca y corbata oscura. Se preguntaba si siempre vestía de esa forma, parecía ser una caricatura propia de un agente.

—El señor Roland es un agente, doctora, que ha llevado los antecedentes desde que se dio este descubrimiento, y finalmente es quien decide qué considerar relevante, y qué no, ante en este asunto. No se engañe por su aspecto tan joven, tiene responsabilidades muy superiores a su edad —dijo con serenidad el mayor Doran.

—Bueno, aún espero su respuesta, doctora —dijo suavemente Roland, esbozando una sonrisa vestida de cordialidad y amabilidad.

—Yo creo que hay algo mayor en todo esto. Según mis análisis y conclusiones, señores, el estudio me dirige a pensar qué esta estructura tiene otra función que la que podríamos precisar tecnológicamente, pero solo con algo de tiempo, solo es una intuición —terminó Sophia con voz baja.

—Pero, doctora, no se detenga. Explique cuál es esa intuición —dijo el Mayor Doran— no descartemos nada en lo absoluto.

Sophia tomó aire y suspiró, como preparándose para un desafío abismal. Cambió la proyección tridimensional, que se encontraba aún activa, y pasó a otro archivo. Al abrirlo, se expandió la imagen, obteniendo gran detalle de los tallados de las estructuras. Comenzó a explicar acuciosamente sus hipótesis y suposiciones. Tras una hora de veloz presentación, terminó diciendo:

—Señores, creo que estas estructuras podrían ser un medio de comunicación multidimensional que abriría canales inimaginables para nosotros, ya que por décadas ignoramos datos que siempre han estado ahí porque no teníamos la tecnología para recolectarlos y analizarlos, me refiero a las ondas gravitacionales. Estas ondas transmiten información en sí mismas. Son millones de datos, y creo que pueden dar acceso, tras su decodificación, a conocer sucesos que han ocurrido en millones de años en el pasado, incluso ser el puente de comunicación entre civilizaciones que se encuentran en diferentes planos dimensionales... —Sophia no paraba de hablar, cada vez más rápido—. Nosotros ya podemos reconocer las ondas vibratorias, desde hace un par de décadas. Creo que esta estructura es una especie de antena, dirigida hacia algún punto en el cosmos, que puede quizás amplificar o transformar estas emisiones.

La voz del agente Roland interrumpió a la doctora en su análisis frenético:

—Doctora Sophia, entiendo su entusiasmo, pero aterricemos un poco su hipótesis. Dígame, ¿sabemos cómo hacer funcionar esta estructura?, para captar estas ondas vibratorias.

Sophia miró al agente y sonrió, su rostro se ruborizó y bajó torpemente su mirada.

—Yo no sabría cómo activar este mecanismo, ya que la tecnología muestra descriptores en una lengua ya perdida.

—¡¿Cómo?! ¡Usted me dice que las estructuras tienen tallados símbolos de nuestra civilización! —exclamó el mayor Doran.

—Para ser precisa, mayor —dijo Sophia—, corresponden a simbología similar a la utilizada por los Selk'nam, una etnia extinta ubicada geográficamente en el extremo sur del conteniente suramericano, en Tierra del Fuego, entiendo.

—Doctora, me imagino que ya inició la búsqueda de quién nos podría ayudar en este ámbito, ¿o me equivoco? —la voz de Roland fue suave y cortés. Demasiado, según interpretó la científica.

—No, aún no he encontrado a nadie con mayor experticia en este campo, o estudio etnográfico que se aproxime a su lenguaje o simbolismo, que implique profundidad en su conocimiento —la joven científica demostró frustración en sus palabras.

—Bueno, ¡creo que por fin he justificado mi viaje hasta este lejano témpano!

Todos los presentes miraron con signo de interrogación al almirante, quien no había participado demasiado de la discusión hasta ese momento.

—Yo conozco a un joven que nos puede ayudar en este aspecto, de hecho, creo que es un arqueólogo o algo así, que está aplicando estudios hace ya algún tiempo a las etnias de Tierra del Fuego.

Roland lo observó con detención en sus palabras, como analizando su expresión letra a letra, escudriñando lo que se reservaba para sí mismo el añoso oficial.

—Y ¿cómo es que usted conoce a un científico con esas características, Sr. Paul? Convendrá en que es inusual, por decir lo menos.

El agente lo siguió mirando detenidamente, sin poder descifrar gesto alguno en el rostro del veterano oficial.

—Veo que aún no abandona sus prácticas de agente, Sr. Roland, pero, para su tranquilidad, a este joven científico lo conocí por casualidad —el almirante sonrió y siguió su relato con total serenidad—. Me topé con él en un viaje a Guatemala hace un año y medio, en el Compendio del Observatorio Internacional de Ciencias de Centroamérica, lugar al que asistí en representación de nuestra armada. Recuerde, Sr. Roland, que también soy un oficial ligado a la ciencia. En esa oportunidad, me llamó la atención su estudio rupturista y la coincidencia de nuestros apellidos. Pero bueno, su estudio trataba de demostrar una teoría un poco descabellada sobre la antigüedad de ciertos pueblos originarios de Tierra del Fuego, dando a entender un mayor avance en su civilización en tempranos tiempos del hombre, incluso mayor a la organización de los pueblos de las primeras escrituras. Según recuerdo, era chileno, o algo así.

—¿Y usted sabe cómo ubicarlo, señor? —dijo Sophia con entusiasmo.

—La verdad yo no, pero con la ayuda de nuestro agente, creo que es solo cosa de un par de horas.

Nuevamente el almirante miró maliciosamente sonriente a Roland.

—Cuente con ello, doctora Larsson, siempre y cuando aún esté vivo este *joven científico* que descubrió nuestro almirante.

Roland devolvió con ironía exagerada las palabras del almirante.

...|м|...

El océano se encontraba inquietantemente tranquilo, sus olas solo mecían suavemente la moderna nave. Esta parecía, desde lejos, parte del paisaje, confundiéndose con el entorno, salpicado de témpanos de gran tamaño que reptaban en el océano vasto, con un destello de infertilidad por el gris paisaje, agonizando su prolongada e ineludible extinción en las profundidades del mar.

En la habitación, la luminosidad era cegadora, no permitía concentrar la mirada en ningún punto. La estrecha silla hacía recordar a Antonia su estadía en la lúgubre escuela a la que asistía casi dos años atrás. Su memoria se transformaba en manchas diluidas sobre su mente sin orden alguno, la lógica ya no era parte de su vida, eso sentía, y muy profundamente sabía que esta dirección no cambiaría, por lo menos en lo inmediato.

Un golpe fuerte interrumpió su divagación, era la puerta, que se abría de par en par. Tras esta, estaba una silueta conocida ya para ella, Claudia, que entraba rápidamente, demostrando seguridad en sus movimientos. Se paró frente su rostro y la miró fijamente, hablando con serenidad.

—Querida Antonia, debo llevarte ante el Concilio. No los debemos hacer esperar, créeme que la paciencia no es una de sus virtudes.

Al terminar, extendió su mano hacia Antonia, para que ella la tomara y se pusiera en pie. La muchacha aún no lograba descifrar bien el rostro de Claudia, desde la posición en que se encontraba la luz no había disminuido. También se preguntó por qué no se había puesto en pie antes, considerando lo incomodo de su silla, y se sintió torpe. Segundos después, descubrió que se encontraba asustada, una sensación que creía haber olvidado. Finalmente, tomó la mano de su exdirectora. Al levantarse, sintió temblar sus piernas, casi al punto de caer, todo le daba vueltas. Se apoyó en Claudia y caminó con dificultad, solo quería salir pronto de esa habitación y terminar de una vez con la absurda historia que Claudia le había contado.

—Tranquila, el temor que sientes es por lo desconocido, pero créeme que tu futuro es grande y prometedor —Claudia fue sincera en sus palabras, o por lo menos así lo percibió Antonia.

El pasillo se hizo demasiado extenso e interminable, de todas formas asombraba a Antonia el ver lo moderno de la embarcación y lo sofisticado de sus accesorios: puertas que se abrían automáticamente al pasar, climatización perfecta, iluminación que permitía visualizar todos los detalles y quizás demasiado adelantada en prototipo a esta época.

Al fin llegaron a un salón principal, tenía forma circular y se observaban dos plantas. La más alta contenía siete asientos separados entre sí a una distancia que lograba rodear todo el contorno del salón. La planta baja era donde se encontraba Antonia, acompañada de Claudia, en el centro. Por la iluminación, podía distinguir el rostro de todos los ocupantes de los asientos, no había nadie más en el segundo nivel. La exdirectora posó una mano en el hombro de Antonia, acercó su rostro al oído de ella y le dijo suavemente:

—Ahora estás por tu cuenta, querida. Sé sincera con ellos y no trates de ocultar tus emociones, el Concilio te dará todas las respuestas que has buscado en estos años, ellos son la causa de tu existencia y también de tu fin.

Antonia la miró con terror en sus ojos, y vio cómo Claudia se retiraba, cerrándose tras ella automáticamente una puerta de vidrio. La figura de la exdirectora se perdía en la oscuridad que se iba formando con el avance sus pasos.

. . . |M| . . .

El silencio era sepulcral, Antonia se encontraban en perfecta rigidez, como esperando algún tipo de ataque, su rostro se encontraba en alerta. Interiormente, su mente fluía, avasalladora, captando todo lo que sucedía a su alrededor. Por primera vez en mucho tiempo fue consciente de sí misma.

—¿Quiénes son y por qué estoy aquí ante ustedes?

La voz de Antonia se escuchó segura, pero no hubo respuesta. El silencio seguía, era por poco palpable, y así fue por un largo rato, hasta que una voz femenina, casi hipnótica, dijo con suavidad:

—¿Es eso realmente lo que quieres saber?

Antonia se vio sorprendida por la pregunta, dudó en sus palabras y balbuceó sus pensamientos por unos segundos, hasta que aclaró su voz y repitió.

—¿Quiénes son y por qué estoy aquí ante ustedes?

Pensó haber dejado en claro que no era una charla de cortesía al repetir su pregunta, aunque no lograba descifrar aún quién del grupo le había respondido. Sintió un grado de angustia repentina, y su nerviosismo se transformó en una sensación de rabia por no tener controlada la situación.

—Quiénes somos es irrelevante, y qué haces aquí dependerá de ti. ¿Si es importante o no? Lo importante es saber si te reconoces a ti misma, y descubrir qué puedes llegar a ser desde hoy.

La voz esta vez era diferente, y provino desde atrás de Antonia. Ya no era femenina, sino que, por el contrario, su eco fue grave y claramente en tono masculino, casi intimidante.

Esta vez Antonia no dijo nada, solo miró a su entorno, giró suavemente sobre sí misma, mirando a quienes estaban sobre su cabeza, bajó su vista y su cabello cubrió su rostro. Un aura de energía de color azul ascendente envolvió su cuerpo por completo durante varios segundos, alejándola de la vista de todos, hasta poder ser distinguida nuevamente. Sus pupilas se expandieron, cubriendo totalmente sus iris, anegando de un color gris sus ojos. Su respiración se agitó repentinamente, y su postura tomó posición de alerta. Luego levantó su rostro lentamente hacia las sietes figuras que la observaban. Antonia reflejaba mayor brillo, su estructura física había adquirido otro aspecto, con rasgos distintos, que daban apariencia desafiante y mayor definición atlética. Sus manos anunciaban dedos terminados en uñas puntiagudas afiladas de color oscuro, su pelo confundía la vista en un negro profundo, y el largo de pronto excedía su cintura en cascada vertical, entregando suaves movimientos que brindaban elegancia a su imagen. Levantó lentamente su rostro y su voz se escuchó con mayor fuerza y nitidez.

—No debo rendir nada ante ustedes, mi celo se limita solo ante los míos —su respiración era agitada.

Una mujer de mediana edad, vestida con una pulcra túnica negra, se puso de pie, separándose de la postura casi inmutable del grupo. Sus manos se extendieron hacia adelante, y sin mediar aviso previo, señalizó sobre la cabeza de Antonia. Un pequeño ruido anunciaba el movimiento retráctil del cielo falso del lugar, dejando a la vista, en pocos minutos, el manto nocturno, permitiendo que una brisa gélida, confundida con el aroma del océano antártico, entrara al salón, escudriñando en segundos todos los rincones de este. Antonia dirigió su rostro hacia la apertura, y sus ojos nuevamente cambiaron de color. Esta vez un negro intenso se apoderó de toda su córnea, reflejando la bóveda de estrellas que posaba sobre ella. Pasaron largos minutos, y otros más, hasta que una sonrisa dibujó sus labios. Su mirada se dirigió hacia la mujer que señalaba el manto nocturno, sus palabras fueron escuetas.

—Llévame a la estructura tridimensional, debo comenzar antes de un posible contacto de tu especie con los míos —Antonia era consciente, por primera vez, de su existencia. Sus dudas fueron disipadas, y en su mente se gatilló su propósito, tan claramente, que ya no necesitaba nada más del grupo que la acompañaba.

La mujer bajó su mano, y con un movimiento de afirmación, hizo que el resto del Concilio se pusiera de pie. Luego pronunció palabras con notoria solemnidad:

—Antes debemos preparar tu naturaleza, no puedes fallar, han sido miles de años en tiempo de nuestra especie esperando este nuevo orden, debemos asegurar la llegada de nuestra energía mater. El Concilio y los elegidos dirigirán la transición. Este es nuestro propósito y lo comprometido hacia los vuestros.

. . . |M| . . .

Sophia se encontraba de pie junto a las estructuras, mirándolas atentamente, tal y como lo había hecho durante estos últimos meses. Todos sus detalles se encontraban grabados en su mente, cada centímetro le insinuaba algo, susurrando ideas, pero no lo suficientemente claras como para establecer certezas. Llegó a imaginar que todo podría ser solo ruinas ancestrales, abandonadas por las primeras civilizaciones humanoides en la era temprana de la raza humana.

—El hielo hace estragos en nuestros pensamientos, ¿no crees, Sophia? —la voz era de su colega, Aarón, quien se encontraba al costado de la doctora.

—¿Cómo te dejaron bajar? He dado orden de acceso restringido. Espero que tengas una muy buena explicación para tu presencia aquí abajo —el tono de Sophia era de pocos amigos, y su rostro estaba lejos de ser el de la cordial científica que había arribado al inicio de la incursión.

—La verdad, colega, no todo lo manejas tú. Somos un equipo, ¿lo recuerdas? —Aarón fue irónico en sus palabras.

—Eso lo tengo claro, y agradezco toda tu colaboración. Pero soy yo quien responde ante quienes nos trajeron, dirijo y establezco las reglas del equipo, ¡que eso no se te olvide! ¿Estamos de acuerdo? —Sophia mantenía severidad en su tono.

—Como tú digas —Aarón respondió indiferente ante el regaño de la científica.

—Ahora dime qué necesitas, no creo que esta sea una visita de cortesía —replicó la doctora.

Aarón la miró y movió levemente su cabeza, desaprobando el tono de su colega:

—En honor a la verdad, Sophia, solo quiero constatar algo, y quiero que me respondas sinceramente. Aún no tienes certeza de cómo funciona este instrumento, ¿cierto?

—¿Por qué le has dicho instrumento? —Sophia lo miró con rostro de intriga en sus palabras.

—¡Vamos! ¡Quien preguntó primero he sido yo! No me devuelvas otra pregunta —dijo Aarón.

—No evadas mi pregunta, ¿por qué le has llamado instrumento? ¿Qué sabes de él, o qué crees saber? Dímelo, no guardes información que podría considerarse relevante para nuestra investigación.

Los ojos de Sophia se abrieron, quizá demostrando demasiado estrés al terminar de hablar.

—¡Veo que al fin soy parte de esta investigación! Curioso, por decir lo menos. Está bien, ya que insistes, responderé a tus sospechas, aunque debo decir que lo considero injusto, ya que fui yo quien preguntó primero, pero en fin —el tono utilizado de Aarón fue de total ironía—. Colega, evidentemente hay dos cosas que has pasado por alto en tu diagramación de esta estructura. La primera de ellas es la posición de ambas respecto a su entorno, y la segunda su posible finalidad, ambas las hacen ser un instrumento.

—Pero ¿qué hay en su posición? ¿Qué relevancia tiene?, aparte de encontrarse ambos bloques en forma paralela. Y su finalidad, obviamente, no la sé, o de lo contrario no tendríamos esta charla —Sophia demostró mayor estrés.

Aarón miró fijamente las estructuras y se arrimó cuidadosamente, ubicándose entre los pilares. Giró hacia Sophia, extendió sus brazos y exclamó:

—¡Aún no lo ves! Ambas conforman un enorme diapasón, están constantemente vibrando, dirigiendo sus frecuencias hacia algún punto en el cosmos. Siempre lo han hecho, nunca han dejado de emitir su señal o vibración gravitacional. ¿Qué es lo que emiten? Es nuestro trabajo descifrarlo, o quizás evitar que lo sigan haciendo.

La doctora miró a su colega, abrió un poco su boca en señal de asombro y finalmente reaccionó con una sonrisa.

—Pero ¿cómo nunca pude verlo? Es evidente, y sus tallados son su manual de uso. ¿Hace cuánto tiempo lo sabes, Aarón?

—Fue la primera impresión que tuve cuando las vi, el día que bajamos hasta este témpano.

El científico se sonrojó y llevó su mano derecha a su cabeza, revolviendo su cabello, dando una imagen de ingenuidad.

—Creo que debería darte un beso, pero primero comprobaré tu hipótesis ¡y, si resulta exacta, te prometo que ese beso será inolvidable!

La doctora salió corriendo del lugar, en busca de comprobar su reciente información. Aarón la miró alejarse y no mostró señal alguna de haber entendido las palabras de su colega.

CAPÍTULO II

CONVERGENCIA

Dos tiempos,
dueños de ninguno de ellos, pero amos y señores de todos sus
segundos, minutos y horas.
Somos dioses de nuestro espacio, anclado a nuestros egos y
virtudes,
solo dos tiempos otorgaremos... Nacer y morir.

Dos tiempos.
JhhGonzález.

Transición

El invierno ya se encontraba arrimado al extremo sur del continente, y las expectativas que el joven científico mantenía sobre poder llegar al enorme iceberg blanco continental se alejaban a cada segundo. Debería esperar hasta el equinoccio de primavera, y eso era toda una eternidad que retaba desafiante la paciencia de Lars.

Su mirada se encontraba extraviada, inmersa en sus pensamientos. Estaba apoyando su cuerpo en posición desganada en aquel banquillo de la Universidad Austral Campus Patagonia, azotado por la bruma fría del sur de Chile. A lo lejos emergía la bella ciudad de Coyhaique, posada en el horizonte que ya despedía aquel día. A su espalda, estaba la oficina de Bachilleratos y Programas para explorar la región de Aysén, lugar del que esperaba conseguir el financiamiento para su investigación, y así lograr su arribo al continente blanco. Abruptamente, una voz con un español dificultoso lo extrajo de sus conjeturas y vacilaciones, tomando toda su atención.

—¡Disculpe! ¿Es usted... el señor... Johnson García?

La voz provenía de un tipo con traje oscuro y anteojos de marcos gruesos. Lars lo miró hacia arriba desde su ubicación, y su rostro fue de extrañeza ante la pregunta. El hombre, de uno ochenta de estatura, aproximadamente, y aparentando una edad mediana, repitió su pregunta ante la nula reacción:

—¡Disculpe..., señor! ¿Es usted...? Digo, ¿es... Lars Johnson García, arqueólogo?

El rostro de del joven científico no disimulaba la intriga ante la pregunta del extraño.

—¿Quién pregunta? —fue la respuesta seca de Lars.

—Soy agente de inteligencia británico, señor Lars, y creo que deberá acompañarme, si así usted lo decide, ya que no estoy autorizado para develar más información.

Era evidente el poco dominio con el idioma español por parte del agente, cosa que a Lars le pareció graciosa por algunos segundos. No tardó en responder, casi ignorando la presencia del hombre formalmente vestido.

—Lamento decirle que en estos momentos no podré acompañarlo, espero una respuesta del decano de esta facultad... —Lars cayó en cuenta de que detrás del sujeto había otro tipo vestido de forma igual a quien lo interrogaba, incluso repetían sus gafas, y, por primera vez, sintió temor, pero no quería caer en nada que lo desviara de su objetivo— ...Y no acostumbro a acompañar a sujetos que se visten de forma idéntica. Es poco usual, ¿no cree usted? —esbozó una pequeña sonrisa apenas evidente.

—La respuesta que usted espera será negativa, los facultativos no apoyarán su solicitud de inversión en su investigación. Pero nosotros lo podemos ayudar, le entregaremos ¿cómo se dice...? ¡Una alternativa!, para lograr llegar al continente antártico —esta vez el tono del individuo fue amigable.

—Disculpa, pero... ¿quiénes son ustedes y por qué me conocen? —Lars sintió que su imaginación le jugaba una mala pasada, no podía ser cierto que tipos de una agencia británica necesitaran de él.

—Tiene dos alternativas, señor Lars. La primera lo lleva directamente a lograr su objetivo de investigación. La segunda lo guiará también a su objetivo, pero no será muy recomendable tomarla, ya que el dolor y los moretones no siempre pasan tan rápido como el común de la gente cree.

El joven científico los miró y sonrió irónicamente.

—Bueno, si esa es la situación, prefiero la primera alternativa. No soporto el dolor... ajeno, y no me gustaría verlos heridos a ustedes dos —terminó de sonreír. Los dos hombres no mostraron signo alguno de dar recibo de la broma, el más cercano a Lars le indicó el camino al vehículo que se encontraba esperándolos.

Lars tomó un pequeño suspiro y se puso de pie, recogiendo torpemente sus cosas. Miró hacia el cielo, que ya desteñía el azul para dar paso al manto nocturno, y pensó que todo giraba muy rápido en su existencia. Lo bueno de esto es que no era una alucinación, y no esperaba despertar algún día y ver que todo resultaba ser un sueño del estado de coma de algún accidente. Sería decepcionante no haber vivido realmente lo que creía ser algo trascendental para la raza humana.

—¡Ustedes siempre son tan amigables! —terminó por decir, y entró al vehículo sin tener claridad de si estaba en lo correcto.

...|M|...

La mujer siguió mirando fijamente a Antonia, susurró palabras en lenguas no conocidas y pronunciadas en miles de años, elevó ambos brazos suavemente, cerró sus ojos e inclinó su cabeza hacia las estrellas. Su voz era seguida por los otros individuos desde la plataforma superior, susurrando y repitiendo en voz baja, formando un mantra hipnótico, mientras Antonia se envolvía en un capullo de luz que la elevaba a unos cuantos metros desde el suelo, casi llegando al límite superior de la embarcación. Sus ojos se tornaron grises, y su cabeza finalmente dio hacia atrás, desvanecida. Su cuerpo levitaba de forma horizontal y se curvó abruptamente, con sus brazos extendidos al máximo. Su imagen era difusa dentro de la cápsula de color gris que reflectaba energía cegadora, confundiendo las paredes de aquel salón. El halo de luz brotaba por todas partes, desbordando el borde superior y escapando hacia el cielo. La figura del barco era visible desde varias leguas, terminando con su anonimato en aquel océano frío que merodeaba los límites del continente antártico. Su intensidad fue tal, que se observaba un rayo de luz directo hacia las estrellas, como si no tuviera fin en su viaje. Minutos después, su reflejo bajó suavemente, y solo era un recuerdo de alguna imagen potente divisada desde lejos, destello olvidado del mar y de la mente de cualquier hombre que hubiera visto el espejismo distante.

Antonia giraba suavemente, suspendida en el aire. Su reflejo era sobrecogedor a la vista de cualquier ser de la existencia, irradiaba magnetismo y su silueta aún era algo difusa en aquel capullo de luz. Pasaron muchas horas, y el término de la noche se anunciaba con la luz crepuscular del amanecer tímido del mar antártico, con el único rayo de claridad que reinaba durante meses. La anciana, al fin, bajó sus brazos, abrió sus ojos y terminó su mantra, lo mismo hicieron las siluetas casi transparentes que la acompañaban. Su imagen era de cansancio y agotamiento, su rostro demostraba mil años de vida, y su pelo reflejaba un color ceniza, muy distinto al oscuro y sepulcral negro que la acompañaba al inicio de su ritual de evocación. Existían varios metros de distancia entre ella y Antonia, quien aún permanecía suspendida en el aire, estática, sumergida en una bóveda de silencio. Una bruma a ras del piso se apoderaba del lugar. Poco a poco, la imagen de Antonia se volvió nítida, lentamente su cuerpo giró de forma vertical, y bajó suavemente hasta tocar el piso con sus pies. Se encontraba totalmente desnuda. Su cuerpo era perfecto, evidenciaba mayor definición en su musculatura casi atlética; su cabello mostraba un color azul ocre, su brillo aún confundía su imagen; el rostro era hermoso, sin ser distinto al de ella; su dulzura envolvía melancólicamente la visión de todos a su alrededor, un hechizo que atrapaba la mirada, a sabiendas de que el final sería maléficamente desgarrador para quien tratara de acercarse a ella.

—Has despertado ya, tu convergencia se encuentra culminada, ahora debes cumplir tu pacto. Tu sangre te guiará adonde debes trascender, no doblegues ante nada, la señal debe ser entregada en esta era, solo así nuestra generación podrá servir a los tuyos —las palabras de la anciana resoplaron agotadas, pero seguras en su fin.

Antonia solo miró, no emitió sonido alguno. Su postura era desafiante e imponente, imposible no desearla o tratar de acercarse. La frialdad que entregaba su belleza establecía su primera barrera ante cualquiera. La puerta lateral por donde ingresó al inicio de la jornada se abrió abruptamente, era Claudia, el único lazo terrenal que recordaba hasta el momento de entrar a aquel navío.

—Portadora, acompáñame, por favor.

Un gesto en su mano izquierda indicó el camino a seguir. Su voz era protocolar, casi solemne.

Antonia la miró y, sin gesto alguno o pedir vestimenta, caminó hacia la puerta. Antes de abandonar el lugar, detuvo su marcha, giró su cabeza en dirección hacia la anciana y quienes la acompañaban, los miró y sonrió fríamente. Sus ojos, de color oscuro profundo e intenso, traspasaron la mente de todos quienes cruzaron la vista con ella. El rostro de la anciana mostró dolor y angustia, sin poder expresar palabra alguna. Finalmente, Antonia siguió su camino por aquel pasillo que la llevaría hacia su habitación, según intuía.

Entró a la habitación y la observó detenidamente. Sobre el camarote había vestimenta de color negro y contextura de cuero, y seguramente se vería muy ajustada a su cuerpo. Bajo la cama, había unos zapatos acordonados tipo militar, del mismo color de la ropa. Existía un pequeño escritorio con un laptop. Antonia giró y miró fijamente a los ojos de Claudia, y recordó por unos segundos su relación con aquella lejana directora del centro de atención de menores en aquella deprimida ciudad en que creció. Esbozó una sonrisa que reflejaba maldad y sostuvo su mirada, al fin preguntó:

—Claudia, ¿por qué tienes miedo?

La mujer se vio sorprendida ante la pregunta.

—¿Qué te hace creer que tú me das temor? —Claudia respondió sin mucha convicción en sus palabras.

—¿La verdad quieres que responda? Bueno... Lo veo, lo siento y lo leo en tu mente, no puedes ocultarlo ante mi presencia, es parte de ser mayor a ti. Mi evolución es un estado al que tú solo puedes aspirar en algún sueño olvidado de tu especie. Pero debes estar tranquila, no te haré daño; solo quisiera que me facilitaras algo para terminar de charlar contigo... el abrigo rojo que llevabas en el centro de menores siempre me gustó, y con la vestimenta que me has proporcionado se verá muy bien. Creo que el querer verse bien debe ser un deseo por la mezcla con tu especie, un efecto del mestizaje, inevitable defecto.

Antonia se reflejó en el espejo de la habitación y observó la ropa ceñida a su cuerpo. Se veía espectral, como una ilusión de otro plano, solo el abrigo rojo proporcionado por Claudia le daba una imagen terrenal y le aportaba sensualidad. Su belleza, definitivamente, no podía ser asimilada por mujer puramente humana, su mestizaje entregó rasgos definitorios en su evolución. La mirada y el rostro daban cuenta de frialdad.

Giró hacia la puerta de la habitación y cayó en cuenta de que se encontraba sellada. Esbozó una pequeña sonrisa y tomó distancia, la suficiente como para levantar su pierna y dar un pequeño golpe con su pie. La puerta salió despedida y se incrustó en la pared contigua, partiendo en dos el bloque de material acerado. Salió de la habitación con calma y vio, al final del pasillo, dos hombres vestidos de traje color oscuro que corrían velozmente hacia ella. Levantaron sus armas y le advirtieron que se detuviera, pero ella simplemente los ignoró y siguió caminando segura, esbozando una sensualmente fría sonrisa; no mostraba rapidez en su avance por el pasillo. Repitieron la orden de alto, pero Antonia siguió sin dar cuenta de obedecer. El hombre de mayor estatura reflejaba nerviosismo y cierta torpeza en sus actos, repitió severamente las palabras de alto, pero nada ejercía efecto en ella. El custodio apuntó hacia la nueva huésped de la embarcación, calculando cinco metros de distancia, aproximadamente. Fijó su mirada, cerró uno de sus ojos y, al apuntar, sintió de forma inesperada la voz de Antonia al costado de su oído izquierdo, susurrando:

—¿De verdad me quieres disparar?

Al reaccionar, miró a su costado, sin comprender cómo había avanzado tan velozmente los metros hasta él, en sus ojos se veía el asombro de la situación. Trató de apuntar hacia el costado, pero ya era demasiado tarde: su cabeza y la de su compañero rodaban por el piso. Antonia siguió caminando, casi con orgullo, desbordando su sensualidad.

Accedió a los pisos superiores de la nave, dejando tras de sí un destello de destrucción, mutilación y diferentes espectros de sangre incrustados en las paredes de los pasillos, creando una huella de muerte. Finalmente, encontró la cabina superior de mando, en cuyo interior se encontraba su antigua perseguidora. A la distancia, por una ventanilla, divisó una pequeña embarcación que se alejaba rápidamente con varios tripulantes en su interior. La miró fijamente y sonrió, tomó la puerta con su mano derecha y la abrió sin resistencia. Fijó sus ojos en Claudia, ignorando por completo al resto de los hombres que se encontraban armados, apuntándola con fusiles automáticos, que contenían cargas de somníferos muy potentes. Nunca estuvo en los planes dañarla, esas eran las órdenes del Concilio, solo dormirla, hasta que pudiera cumplir su misión.

—Directora, ¿por qué me temes? ¿Acaso no has logrado

tu propósito? ¿No se han cumplido tus planes? Tu misión ancestral será recompensada para los tuyos y tu especie, eso es lo que tú querías —la voz de Antonia resonó con frialdad y calma aterradora en los oídos de todos los presentes en aquella cabina.

La directora se permitió una pausa fugaz antes de responder, evaluaba todas sus opciones. La principal de ellas era cómo salir del lugar con vida, solo eso dirigía sus pensamientos.

—Tienes razón, no debo temer. Al contrario, tu presencia brinda protección a los míos. Has despertado y la convergencia será un hecho más temprano que tarde —sus labios reproducían un tono de angustia, hacía mucho que no sentía tanto temor como en ese momento.

—¿Por qué mientes? Tu miedo es evidente, solo piensas en tus posibilidades de salir de aquí, es lamentable. Sabes que siempre fui despreciada por ti y tu gente, pero han fallado. Claramente cumpliré con mi propósito, pero para ustedes no existe espacio en este plano. Es tiempo de concluir lo postergado —sus palabras fueron directas, los hombres que rodeaban a Antonia se encontraban hipnotizados y aterrados ante su presencia—. No puedo avanzar sin extinguir tu vida, querida directora, eso agradécelo a mi lado humano: rencor, un sentimiento propio de tu especie —dejó de hablar y un halo de luz inundó la habitación y absorbió las imágenes de las siluetas.

Al desaparecer la luz, solo había cuerpos cercenados en el suelo, Antonia se encontraba al medio de todos ellos, con la cabeza de Claudia tomada por su cabellera, colgando de su mano izquierda. Esta vez no había sangre, los cortes fueron exactos, cauterizando los extremos entre sí. Avanzó al panel de mando del navío, reingresó coordenadas con su mano derecha, el GPS indicaba su nuevo destino: el continente blanco. La mirada de Antonia solo evidenciaba decisión, mientras que, en su mano izquierda, igual a un péndulo en movimiento, el rostro de Claudia demostraba los segundos finales de su existencia.

$$\dots |M| \dots$$

Un remolino ingresó violentamente desde la parte superior de la enorme caverna, entregando destellos de nieve y una brisa que indicaba que el invierno se acercaba con paso firme hacia el continente. Aarón no pudo evitar mirarlo y pensar que sería una temporada invernal muy diferente a las vividas en su residencia laboral de Londres. Aunque pareciera un sinsentido, extrañaba la niebla y la eterna llovizna de su ciudad adoptiva. Desde lejos divisó a los soldados Marines de la Real Armada Británica, eran lo único cercano a Londres desde ese lugar, y lo que le recordaba que pronto debería volver a su vida normal, si existiera esa posibilidad.

—Teniente, ¿usted no extraña su hogar de vez en cuando? ¿O adiestran sus mentes a no sentir nostalgia? —fueron las palabras que Aarón dirigió al teniente jefe de la seguridad del área de investigación. El oficial no emitió palabra alguna, ni siquiera lo miró o dio muestra de haber escuchado al científico.

—Veo que no hablan mucho, ustedes. Supongo que Doran los tiene bien adiestrados, o quizás el almirante Paul les instruyó no dirigir palabra alguna... En fin, tendrán que escucharme todo este turno, porque de aquí no me moveré en un buen rato. Les advierto que trabajar callado no es una de mis virtudes...

Un potente movimiento sísmico sacudió el lugar de forma abrupta, fue pequeño en tiempo, solo unos cuatro o seis segundos, pero acompañado de un profundo ruido que invitaba a seguir sintiéndolo bajo los pies.

Aarón miró directamente hacia las estructuras, y observó un cambio en su tonalidad, reconociendo un brillo verdoso musgo oscuro que mostraba un patrón vertical. Se acercó tímidamente y, con su mano derecha, tocó la más cercana a él, y sintió cierta energía vibratoria que guiaba el patrón del reflejo verdoso. Su intensidad aumentó bruscamente en segundos, y Aarón no pudo retirar su mano. Convulsiones se apoderaron del cuerpo del científico, quien en segundos salió eyectado a unos seis metros de las estructuras, cayendo a los pies del teniente al que segundos antes había dirigido sus palabras. El oficial se acercó y tomó sus signos vitales, comprobando que se encontraba inconsciente. Miró a otro miembro de la unidad y le pidió que llamara al mayor Doran de inmediato.

...|ʍ|...

Dos torres

—Mayor, usted no puede desechar la idea gravitacional vibratoria como puente de información, esto permite que los datos puedan trasladarse a través del tiempo y el espacio, creando anomalías, como pasadizos entre diferentes dimensiones imperceptibles para nosotros aún. Lo que pueden ser milenios en nuestro tiempo, solo son horas en esta teoría. Estas ondas pueden decodificarse y traspasar, quizás, diferentes planos dimensionales, de formas como nunca sabíamos que lo podíamos hacer. Estas estructuras son nuestra comunicación directa con otras civilizaciones, solo debemos saber qué decir y cómo hacerlo —Sophia se mostraba exaltada, con sus dos manos sobre la larga mesa de reuniones, mirando directamente a los ojos del mayor Doran—. Creo que existe la posibilidad de que ambas estructuras diagramen sus ondas, y ambas evidentemente son complementarias entre sí: sin una, la otra no tiene sentido. Yo estaba equivocada, no son una antena; al contrario, son el paso de un lugar a otro. Con esta tecnología, podríamos dirigirnos directamente a algún punto específico del cosmos —se detuvo en seco, como reflexionando sobre sus palabras. Miró a su alrededor, sin fijar su vista en nada específico, y nuevamente miró a Doran. Esta vez fue categórica—. Mayor, esto abre el cosmos a nuestra especie, nuestra tecnología podría dar un paso cuantitativo. Ya necesitamos al arqueólogo para descifrar los símbolos encriptados.

—A ver si entiendo, ¿usted insinúa que son la segunda parte de la señal? ¡Wow! —Doran no disimuló su rostro escéptico con rasgos irónicos en su comentario.

—No es diferente, mayor, la señal, ¡wow! Solo fue un accidente captado por nuestros instrumentos, y que lamentable y vergonzosamente para mis colegas solo se trataba de ondas de radio emitidas por los propios instrumentos cotidianos de los científicos que trabajaban en el centro. Lo que yo trato de explicar es que estas estructuras no emiten ondas de radio; al contrario, se mueven a través de ondas gravitacionales, o sea, pueden ser concebidas como multidimensionales. Para ello, usted no debe entender nuestro universo como plano o cuadriculado, debe entenderlo como multidimensional. Esto nos ha tratado de explicar por décadas la física cuántica.

Doran miraba a la doctora y trataba de seguir su explicación cuando un movimiento sísmico y un ruido profundo a nivel de subsuelo interrumpió su improvisada reunión. Miró a Sophia y rápidamente exclamó:

—Creo que nuestro témpano se está derritiendo —finalizó, esbozando una pequeña sonrisa, la cual fue interrumpida por la puerta, que fue abierta de golpe.

—¡Mayor! Debe asistir de inmediato a las estructuras, ha ocurrido un accidente —el soldado se notaba urgido en sus palabras, y su tono era de preocupación.

Doran miró a la doctora y le pidió que lo acompañara. Ambos salieron rápidamente en dirección hacia las estructuras. En el trayecto, Doran solicitaba explicaciones al soldado sobre lo ocurrido en el lugar.

—El doctor Aarón salió despedido por el aire, señor, y se encuentra inconsciente.

Sophia, al escuchar las palabras del soldado, pensó que mataría a su colega, ya que nuevamente desobedecía sus instrucciones sobre investigar a distancia segura. El oficial se detuvo y miró con cara de severidad al soldado.

—¿Estás seguro de lo que dices? ¿Hubo alguna explosión en el lugar?

El soldado, en posición firme, sin mirar a los ojos a Doran, repitió sus palabras:

—El doctor Aarón salió despedido por el aire, señor, y se encuentra inconsciente. Es todo lo que observé, señor.

Doran miró a Sophia, sostuvo un suspiro contenido y dijo seriamente:

—Creo que tus antenas, o lo que sean, ya se están comunicando, o simplemente no quieren que las toquemos —Sophia no dio respuesta alguna, solo se limitó a seguir al oficial, que ya se alejaba rápidamente en dirección a las estructuras.

Al llegar, se veía al doctor Aarón tendido en el piso con una pequeña almohadilla en su cabeza. El teniente a cargo de la seguridad se encontraba a su lado, chequeando sus signos vitales. La mirada de Sophia se detuvo pocos segundos en su colega, la luminosidad de las dos torres daba un espectáculo difícil de ignorar: su imagen verduzca con centellas cargadas de electromagnetismo recorriendo en sentido contrario cada una de ellas dibujaba un reflejo hermoso a los ojos de la científica. Dio varios pasos lentamente hacia las estructuras, pero su marcha fue detenida de forma brusca por el mayor Doran, quien la tomó de su brazo izquierdo fuertemente y la acercó a su posición, diciendo:

—Basta con un científico herido, no puedo perder a la única persona que podrá guiar esta misión. No quiero que toques esas cosas sin mi consentimiento, ¿has entendido, Sophia?

La mirada de la científica fue confusa, no entendía por qué el oficial le hablaba de esa forma, y si bien ella podía entender la seguridad del personal, no comprendía el tono alterado del mayor hacia ella, casi protector.

—Mayor, mi trabajo es liderar este equipo, y debo saber qué ocurre, aunque ello exponga mi vida. Estas estructuras, o antenas, o como quieras llamarlas, son el mayor avance científico, y no me lo perderé por nada ni por nadie. Mis iniciales están grabadas en este descubrimiento, ¿has entendido, Doran? —Sophia se sintió sorprendida al tutear al oficial, pero extrañamente no le incomodó hacerlo.

El oficial soltó a la científica y ordenó a viva voz a los soldados presentes que hicieran un perímetro de seguridad en torno a las estructuras, dando estatus de máxima seguridad. Pidió al teniente que se llevaran al doctor Aarón a enfermería y que llamara urgente a Roland Cross y al almirante Paul.

—Tenemos mucho que decidir desde ahora, Sophia —fueron las palabras secas del mayor a la científica, quien solo lo miró, sin entender qué significaban esas palabras.

… I⋈I…

Eran las 12:00 horas y el aterrizaje no fue tan terrible como se lo imaginaba Lars, quien aún no podía hacer calzar todas sus ideas y sospechas conspirativas sobre su presencia en ese lugar. Sin más hipótesis, se entregaba al azar de su buena fortuna y a poder llegar precisamente al lugar que quería, para avanzar en su íntima misión, adyacente en su inconsciente, pero que dictaba en su cerebro todas sus acciones. A pesar de eso, un presentimiento le indicaba cuidado extremo. El no tener toda la información necesaria para abordar el objetivo en el continente blanco hacía difusos sus pasos a seguir, solo sentía muy dentro de él que su existencia en este plano estaba determinada por este viaje, el porqué aún no lo tenía muy claro.

El ruido del motor se confundía con las ráfagas de viento en el continente antártico, la brisa gélida hacía un escáner a los huesos, y hacía parecer el clima helado de Magallanes como un paseo de primavera en el mediterráneo. La puerta resonó seca al caer a la nieve, y una ventisca se apoderó del pasillo de la aeronave. Lars tomó la entrañable mochila que lo acompañaba en todos sus viajes, junto a su laptop y algo de ropa, no tuvo mucho tiempo de empacar, los agentes no daban muchas opciones a elegir vestimenta apropiada para la visita al continente blanco.

Al bajar del avión militar tipo Hércules, el grupo subió a un pequeño vehículo que los trasladaría unos quinientos metros hacia unas pequeñas barracas circulares que se encontraban completamente enterradas en la nieve, dejando solo la parte superior de su techumbre a la vista. El interior del hangar era de dimensiones enormes, según sentía Lars. Se dirigieron hacia a un ascensor de metal, con rejillas metálicas tipo minero, que soportaba fácilmente a diez personas. Bajaron los agentes y Lars, quien era acompañado de dos escoltas marines con armamento en posición de custodia. Al final de la travesía que se internaba bien al interior de la tierra, se encontró en un enorme pasillo, dando con una puerta de metal enclavada en la roca. El agente ingresó una clave de acceso, mostró su retina a un visor láser y su mano fue escaneada por un lector de huellas, solo esto logró abrir la enorme puerta. Los soldados escoltas se quedaron fuera, ingresando solo los agentes con el científico. Caminaban por un pasillo demasiado angosto que finalmente guiaba a un salón con una enorme mesa central de conferencias o reuniones, en las que, horas antes, Sophia había expuesto sus conclusiones. Lars se quedó solo en el lugar. Una vez que los agentes cerraron la puerta tras ellos, aturdido por la situación, dejó su mochila en el suelo y, pacientemente, esperó que alguien entrara a la sala.

Al fin, la puerta contraria a la posición de Lars se abrió y el saludo cordial del almirante Paul produjo eco en aquella habitación, que poco invitaba a la comodidad.

—Señor Lars Johnson García, espero que nuestros hombres lo hayan tratado bien. A veces ellos piensan que aún estamos en la guerra fría... Bueno, eso me dicen siempre, cada vez que trato cosas de estado —la voz del almirante sonó como un buque que rompe hielo, invadiendo todo el lugar. Extendió su mano derecha para saludar al joven científico, que solo aseguraba interrogantes en su rostro, ante la presencia del aquel oficial de alto rango—. Pero, por favor, señor Johnson, tome asiento y dígame como ha sido su viaje, ¿demasiadas turbulencias? Yo aún no me acostumbro a esas enormes aeronaves. Bueno, lo mío siempre ha sido el mar: prefiero flotar a caer desde las alturas.

Rompió con una fuerte carcajada sus palabras. Lars no sonreía, por el contrario, su rostro demostraba desconfianza y confusión sobre la situación.

—Dígame, señor, ¿quién...? —el almirante interrumpió a Lars en el acto.

—Disculpe mi olvido y falta de protocolo. Mi nombre es Paul Turner, soy almirante de la Real Armada Británica, y actualmente miembro de un comité científico militar estratégico sin precedentes en nuestra nación y, por supuesto, en nuestra era. Soy el que ha solicitado que usted forme parte de este proyecto. Claro está que en este asunto solo hay dos opciones: participar y cambiar su vida para siempre, o seguir sus estudios interesantemente exitosos, académicamente hablando, como un civil normal. Usted elige.

Lars fijó su vista en los ojos del añoso almirante y replicó con voz segura:

—Obviamente, mi presencia es muestra de que he decidido formar parte de este proyecto, sea cual sea. No creo que se hayan tomado tantas molestias en ubicarme solo para ver mis estudios, señor Paul.

—¡Muy bien, esa es la actitud! Creo que nos llevaremos bien. En unos minutos entrarán dos soldados, quienes le entregarán un protocolo que guiará su tránsito en la base, y le harán algunos exámenes físicos; nada de cuidado, usted sabe cómo son sus colegas científicos, ¡siempre exageran todo! —el almirante esbozó una pequeña sonrisa—. Entonces, ¡a trabajar! Nos encontraremos en unos… —las palabras del almirante fueron interrumpidas de golpe por un soldado que entró de improviso en la habitación.

—¡Señor! El mayor Doran necesita urgentemente que se presente en las estructuras, ¡ha ocurrido un accidente y requiere de su presencia, señor!

—Bueno, ¡por fin veo que esto se pone entretenido! Ya estaba condenándome al aburrimiento en este maldito iceberg —giró hacia Lars, sonrió y dijo—: nos vemos pronto, joven, ya entenderá cual es su misión acá. Y créame que su rol es relevante para nosotros y nuestra especie.

Se retiró, acompañado por el soldado.

Lars tomó asiento y suspiró profundo, meditando sobre las palabras del almirante, especialmente sobre la última de ellas: «especie».

…|M|…

Los exámenes fueron eternos para Lars, quien no entendía por qué tanta precaución sobre su situación de salud. Una vez terminado el protocolo, fue llevado a una habitación, la que, según le señalaron, sería su lugar de descanso mientras estuviera en las instalaciones del proyecto. Le pasaron un apartado tipo carpeta sobre el estudio, que señalaba fragmentos de la investigación y lo necesario para entender su estadía en aquel lugar, con todas las advertencias necesarias de estricto resguardo de la información y las sanciones si divulgaba cualquier dato sobre el proyecto, el cual se identificaba como «Dos torres». Después de un rato, Lars trató de salir de su habitación, y cayó en cuenta de que su puerta se encontraba cerrada, no pudiendo abrirla. Comenzó a caminar en círculos, o algo parecido, ya que el lugar era bastante reducido (notoriamente no calificaba como habitación de viajante Premium, ni siquiera clase turista económica), y tomó asiento sobre la cama. Luego, tras casi dos horas de meditar sobre el lugar, el proyecto y lo ocurrido en su vida los últimos meses, dio paso al sueño, que a regañadientes se apoderó de su ser.

Despertó bruscamente, abriendo sus ojos de golpe y dirigiendo su mirada hacia el techo. De pronto, sintió que no podía mover su cuerpo, solo sus ojos merodeaban su perímetro próximo. El entorno comenzó a cambiar, tomando un tono oscuro con algunos matices verde musgo en forma de ráfagas de energía magnetizada; los límites de la habitación desaparecieron. Su respiración era el único sonido que reinaba en el lugar, gobernado, en esos momentos, por un frío etéreo que inundó su piel, escalando poco a poco, hasta llegar a su boca, que tomó un color pálido, matizando sus labios. Una bruma cósmica abrazó el espacio que se dibujaba sobre su cuerpo y debajo de él, era el abismo interestelar del que su cuerpo era parte, y giraba sin dirección. ¿Cuántas horas en ese danzar? Difícil de saber. Un remolino impulsó su ser, quizás a miles de años luz, o solo algunos metros, no estaba seguro. Al rato de avanzar sobre esas imágenes, se dio cuenta de que su cuerpo material y orgánico no estaba junto a él, solo su conciencia, de existencia intangible. Dirigió su energía hacia el remolino, quería saber qué había en aquel lugar. Tras un tiempo, descubrió un agujero negro rodeado por materia oscura, que determinaba su patrón de energía. Logró situarse sobre el horizonte de aquel agujero y sintió cómo magnetizaba su conciencia, lo distorsionaba, casi difuminando su existencia. Traspasó dimensiones y diferentes planos simultáneamente, su ser pudo fijar el tiempo en solo una imagen, brusca e invasora ante cualquier sentido o vibración. Unos ojos negros profundos, que doblegaban al pestañar, tomaban un color gris y siniestro, traspasando su mente y el sonido aterrador de mil voces clamando, mil voces llorando, mil voces sufriendo. Lars despertó gritando nuevamente, movido fuertemente por el soldado que se encontraba a su costado, quien lo miraba con rostro de disgusto.

—¡Señor, lo necesitan en las estructuras! La doctora Sophia y el mayor lo requieren de inmediato.

—¿Hace cuántas horas que estoy dormido? —dijo Lars con voz confusa.

—Señor, solo han pasado dos horas desde que usted entró a su habitación, y solo hace unos cinco minutos que dejó de tener actividad el cuarto.

El joven científico lo miró con asombro, y luego dijo irónicamente:

—Veo que espían todo, hasta el movimiento. Es enfermo. Tú estás consciente de eso, ¿verdad?

—Señor, por favor, debo acompañarlo a las estructuras, prepárese. Tiene dos minutos para salir de la habitación, lo espero afuera —el soldado parecía irritado con la presencia de Lars, o por lo menos eso entonaba su voz.

—¡Qué cordialidad tienen ustedes acá! Ahora comprendo muchas cosas sobre la milicia.

Esas fueron las palabras de Lars mientras se incorporaba en dirección al pequeño baño que existía en su habitación. Empapó su rostro, miró el pequeño espejo, recordó los ojos oscuros de su visión y pensó «esto no terminará bien».

...|M|...

Nieve roja

El sargento Louis Hendrick no podía asimilar cómo había caído en aquel infierno blanco. Sentía que su tiempo se perdía inexorablemente observando focas, elefantes marinos y ballenas azules, monotonía que amenazaba con extinguir sus bien entrenadas habilidades militares. Se encontraba perdido en sus pensamientos y calculando cuántos meses le restarían de sufrimiento cuando advirtió en el horizonte una gran columna de humo. Llamó rápidamente al teniente a cargo de la guardia apostada en la costa del continente blanco, que resguardaba la improvisada base científica adyacente al descubrimiento de las estructuras. Se encontraban a unos diez kilómetros desde la fractura del casquete polar, y la distancia entre el sargento y el teniente era de cinco kilómetros, por lo menos. La nieve jugaba con un espejismo de miles de kilómetros de distancia entre ambos.

—¡Ajuste la imagen y provea distintos ángulos de acercamiento para observar el origen de esta columna de humo, sargento! —fueron las palabras secas del teniente.

Louis ordenó a otro soldado ajustar la imagen soportada por dos satélites espías, posados sobre el cielo polar, con rotación de trescientos sesenta grados de imagen sobre el lugar, cortesía del agente Roland.

—¡Transmitiendo imagen, señor! —dijo el sargento Louis con clara euforia en su voz.

Se observaba una embarcación vanguardista, con claras características de ser un navío militar. No portaba insignia o identificación, no existía señal de auxilio o tripulación visible sobre cubierta. La distancia era de por lo menos diez millas náuticas desde el punto de custodia del sargento.

—¡Sargento Hendrick, investigue de qué se trata! Aborde con el grupo centinela, y el otro que resguarde la observación a distancia. Control de radio cerrado y espacio restringido. Acción solo a mi orden.

—¡Sí, señor! —exclamó—. Al fin tendremos algo de acción —susurró el sargento, sediento de movimiento.

El teniente tomó su intercomunicador y llamó directamente al mayor Doran.

...|M|...

Desde nivel de mar sorprendía el tamaño. No era cualquier navío, su loza de construcción evidenciaba tecnología de punta. Era demasiado extraño que se encontrara a la deriva. Así y todo, un soldado del grupo centinela logró abordar el coloso marino sin mayor dificultad, y aseguró la escalinata para que subieran otros dos compañeros. El avance fue en formación de triángulo, directamente hacia la columna de humo, que provenía de un cañón antiaéreo. La parte superior del arma se encontraba totalmente destruida, aunque no había evidencia de combate. Los lentes infrarrojos de los soldados solo detectaban una enorme estala de color blanco flotando a media altura, parecía ser un campo de energía que rodeaba el lugar de la ruptura del cañón. Decidieron dejar atrás la batería antiaérea, y sus pasos marcharon en dirección al control de mando, subieron con rapidez casi felina.

Al entrar, toparon con los cuerpos cercenados y la cabeza de Claudia sobre los controles, sin gota alguna de sangre a su alrededor. Los ojos del líder del grupo centinela reflejaron el terror de la imagen. Con un gesto de su mano izquierda, indicó que ingresaran. Se apoderó de ellos un sentimiento nauseabundo, la escena inefable ante sus ojos desgarraba la respiración. Se separaban coordinadamente para recorrer la sala de mando cuando una imagen los detuvo ásperamente: una mujer se encontraba de pie, justo al medio de la sala, entregándoles un esbozo de sonrisa, o eso creyeron ver. Pasaron eternos segundos de silencio, la habitación de mando parecía encogerse alrededor de ellos, sofocándolos. Una bruma repentina comenzó a girar en torno a la joven mujer a nivel del suelo. El líder del grupo ordenó apuntar sus armas directamente a la cabeza; difícil misión, considerando lo extraño de la situación y la belleza de la mujer que posaba, inmóvil, ante ellos. Su imagen doblegaba toda intención de agresión, con aquel abrigo rojo y un cuerpo perfecto. La mirada del líder del grupo demostraba confusión y perversidad lasciva.

—¡No se mueva! ¡Identifíquese, su rango o cargo civil! Está en zona bajo restricción de tránsito —fueron las palabras secas del soldado.

Antonia no respondió, solo dejó de sonreír. Acto seguido, un fugaz resplandor se reflejó desde la cabina de mando, anulando todo sonido, y por tres segundos cegó los ojos de los soldados que esperaban fuera del navío, en posición de alerta. El sargento Hendrick, que protegía sus ojos de la fulminante luminosidad, levantó su rostro y visualizó, con dificultad, una figura humana sobre la cubierta, apoyada contra las barreras de protección, tomando impulso para saltar al vacío del océano glaciar. Los rostros de los uniformados dibujaban expresiones de incredulidad y confusión total. Antonia extendió sus brazos y se deslizó por el aire en curva ascendente hacia el cielo, la maniobra no obedecía a ninguna lógica aerostática. Los ojos de la mujer ahora miraban a menos de cinco centímetros el rostro de Louis, y en su mano derecha un hilo de sangre destilaba sus delicados dedos, que definía todos los soldados muertos sobre el navío.

La figura de Antonia se alejaba del puesto de control, caminando sin dificultad sobre la espesa nieve que parecía dibujar un sendero a su paso. Poco a poco, la figura fue devorada por la distancia y la bruma del continente. Tras ella quedó el puesto de control, y el rostro del teniente sobre el piso, con sus ojos aún abiertos, revelando el terror de una muerte violenta. Una huella de sangre que se extinguía a pocos metros lograba dar aviso sobre la dirección que había tomado la asesina de toda la guardia.

… |м| …

Los ojos de Lars no mostraban asombro ante las estructuras, por el contrario, reflejaban cierta preocupación, detalle que notó el almirante sobre el joven científico, que detuvo su marcha justo al costado del oficial.

—Son enormes, estas cosas, y llevan miles de años en este sitio. ¿Para qué sirven en realidad? —el almirante miró a Lars—. Tú nos dirás eso, y ayudarás a descifrar este puzle.

—En realidad, son millones de años. Ninguna civilización conocida habitó este lugar, por lo tanto, su datación debe ser superior a la especie humana, o a lo menos a los albores de ella —Lars reflexionó, demostrando conocimiento sobre el tema. Acto seguido continuó caminando en dirección a las estructuras, guiado por el anciano oficial.

—Por seguridad, no puedes pasar este perímetro —fueron las palabras del mayor Doran—, y te debes proteger con los trajes que tienen destinados para ustedes. Esos son los protocolos de tu colega, la doctora Sophia, quien justamente ahora se encuentra acompañando a su compañero de labores, que sufrió una descarga de energía, o algo así, por tocar sin protección estas cosas —el mayor, finalmente, se giró hacia Lars para mirarlo y estrecharle su mano, saludándolo—. Soy el mayor Doran, el responsable de todo esto.

Lars lo observó por unos segundos y extendió sus manos descuidadamente para saludarlo. Luego volvió toda su atención hacia las columnas, y dijo suavemente, casi susurrando:

—Fue energía lo que envolvió al colega de su doctora, no como la conocemos en este plano —el mayor Doran lo miró extrañado, pero no interrumpió las palabras de Lars—. Su composición genética no puede emitir la frecuencia que se requiere para ser parte del umbral. ¿Usted podría permitirme hablar con su doctora, Sophia?, necesito saber qué conoce o cree saber de estas estructuras —el joven científico miró directamente a los ojos del mayor, y terminó por decir apresuradamente—: Ahora, por favor, el tiempo es algo que ya no está de nuestra parte... señor.

El oficial miró de reojo al almirante, que se encontraba al costado del Lars, y, luego de un par de segundos, reaccionó:

—Veo que la paciencia y la diplomacia no son parte de tus virtudes... Antes de llevarte adonde tu colega, debo preguntarte algo, ¿qué ha sido todo eso que has dicho sobre genética y umbral? No he entendido muy bien tus palabras. Lo que sepas también debo saberlo yo, ¿entiendes eso?

Lars sonrió y decidió contestar al oficial, sin medir lógica en sus palabras o preámbulo alguno.

—Hace miles de años existió una etnia que se desarrolló totalmente apartada del resto del planeta, siendo heredera de una genética única y particular, no siguiendo el hilo conductor de las tres o cuatro razas que originan al hombre moderno. Su genética fue excluyente, y no mezclada hasta bien avanzada la era del hombre. Misteriosamente, su cultura fue traspasada de generación en generación solo por el vocablo, construyendo leyendas que con el pasar de las centurias y milenios se transformaron en una verdad única y continua en la cosmovisión de esta etnia, y alguna vez fueron parte, en fragmentos, de otras culturas que de cierta manera tuvieron contacto con esta parte del planeta, que poco a poco fue desapareciendo bajo la nieve y el manto del casquete polar.

—Pero ¿qué tiene que ver ese cuento con todo esto? Usted me acaba de decir que tenemos muy poco tiempo, por favor, resuma su historia —Doran fue severo en sus palabras.

—Usted no entiende el concepto de tiempo, créame, porque sé de lo que estoy hablando. Pero, bueno, continuaré si usted no me interrumpe —Lars seguía mirando fijamente las estructuras, como hipnotizado—. Los pueblos originarios de esta parte del mundo han desarrollado muy poca escritura, más bien han sido petroglifos y algunos mensajes abstractos que el paso de la erosión logró desdibujar, impidiendo reinterpretarlos a los ojos de algunos estudiosos. Esto es por el hecho de que su principal herencia y conocimiento siempre fue traspasada por su genética. La trasmisión de su conocimiento consciente fue tejida desde siempre por un entramado de códigos y genomas que reorientaron su camino según la necesidad de sus creadores —Lars mantuvo silencio, pensando en alguna reacción a su ultima parte, pero no obtuvo pregunta alguna, solo la atención absoluta de los dos oficiales y la doctora Sophia, que hacía unos segundos que se encontraba al lado del almirante—. El o los creadores de este patrón genético dejaron señales y un camino que seguir para nuestra raza, porque ustedes tienen claro que estas estructuras no son de este plano, ¿verdad? —solo siguió silencio, nuevamente—. Veo que sí. El punto es que debemos tener extremo cuidado en lo que sigamos haciendo, porque lo que transmitan o avancen a través de su senda interdimensional puede significar un comienzo o un final para nosotros como especie.

—Tú dices que transmiten, o se puede avanzar, a través de una senda, ¿cómo logras eso? —la doctora no reparó en presentarse, y supuso que era el joven científico que había prometido el almirante.

Paul tomó aire e interrumpió la charla:

—Bueno, ella es la doctora Sophia, y es quien lidera este proyecto, científicamente hablando. Tú ya has leído lo suficiente y has hablado demasiado, yo creo que es hora de que pases a examinar esas estructuras y trates de comprobar tus teorías y cuentos, o como quieras decirle. Estas torres tienen miles de signos y necesitamos saber qué significan. Como tú dices, no sabemos de cuánto tiempo disponemos, y, para mí, ese siempre ha sido un bien preciado.

—¡Un momento! ¡No ha contestado mis preguntas! Y ¿cómo sabes todo eso? ¡Quiero conocer lo que tú sabes! —la doctora fue inquisidora, y no iba a retroceder en sus cuestionamientos.

Lars la miró, sonrió y giró en dirección a prepararse para bajar a las estructuras.

—Usted sabe muy bien qué es lo que transmiten o hacia donde llevan, no necesita de mí para confirmarlo, doctora. Y ¿cómo lo sé? No toda la ciencia se explica en este plano, querida colega —Sophia cayó en cuenta de que todos la miraban. No replicó lo que Lars le había dicho, y su rostro fue de reflexión y miles de dudas. En ese instante, el mayor Doran la tomó por el hombro y le preguntó suavemente.

—Este tema es más grave de lo que pensé, ¿estoy en lo cierto, doctora?

. . . |M| . . .

En la noche, mi amiga, que has sufrido tanto,
renaceremos de nuevo,
justo aquí donde todo se acaba,
con el rostro hacia el cielo

Satyricon, Phoenix, 2013.

El piloto golpeó suavemente la mica del medidor de altitud, mirando a su copiloto, quien no dejaba de observar los destellos de luminosidad verdusca que inundaban todo el horizonte, e iban a gran velocidad hacia ellos. Volvió a golpear el monitor, y nada, todo marcaba números correctos. El capitán de vuelo tomó aire y llamó a la torre de control, a unos doscientos kilómetros de distancia, aproximadamente.

—Boeing 757, vuelo número NG1562 reporta un fenómeno...

La comunicación se interrumpió de golpe y el capitán observó cómo una enorme aurora boreal rodeaba su nave, sin poder distinguir nada más que la sombra de sus manos y el reflejo luminoso del exterior.

En tierra, un grupo de niños que jugaban fútbol quedó boquiabierto al ver cómo el enorme avión se precipitaba a tierra, dejando tras de sí una estela de fuego, consumiendo todas las viviendas que se encontraban en su camino. Las llamas eran visibles desde la playa de Salvador de Bahía. Uno de los chicos gritaba apuntando otra dirección en el cielo, y otro avión corrió igual suerte varios kilómetros más allá en el horizonte. El cielo se tiñó de un color rojizo, envolviendo todo el manto azul del techo de la ciudad. El mar se asimilaba a un lago sin oleaje y todo motor se detuvo. El silencio gobernaba las mentes de todos aquellos que presenciaban el fenómeno. Una bruma espesa color verduzo bajó desde las alturas, invadiendo con una sensación gélida los cuerpos de los habitantes del lugar. Nada más se veía y nada más se escuchó.

…|M|…

—¡Señor, un submarino nuclear clase Typhoon ha sido detectado por nuestros satélites, y se está acercando por la costa oriental del continente, a unos 50 kilómetros de nuestra guardia! —el soldado miró de reojo al mayor Doran, quien observaba cómo el joven científico se acercaba a las estructuras.

—¡Señor!, ¿me escuchó?

El mayor giró su rostro hacia el soldado y dijo en voz baja:

—Demasiado tiempo se habían demorado en husmear, ¿qué sabrán de todo esto? Siga monitoreando ese submarino ruso y manténgame informado ante cualquier cambio o aproximación de su curso a la costa —el rostro del mayor tomó un tono sombrío y de evidente preocupación.

Lars se encontraba hipnotizado ante las estructuras, no efectuaba ningún movimiento ensimismado en sus pensamientos, y tenía la mirada perdida en algún punto de ambas torres. La doctora Sophia lo seguía atentamente desde un par de metros atrás de él, prestando atención a todos los movimientos que pudiera efectuar. Al lapso de unos cinco minutos, y presa de la ansiedad, rompió la monotonía de la escena y, con voz segura, habló a su joven colega:

—Si estaremos todo el día observando las estructuras, te cuento que es una pérdida de tiempo: eso ya lo efectuamos hace varios meses, y no resultó un centímetro de conocimiento. Te propongo que ampliéis tu análisis de campo a otras técnicas.

Lars no contestó, solo hizo un gesto, sin girar hacia la doctora, levantando su mano derecha, indicando silencio.

Pasaron largos minutos, hasta que por fin el joven científico se movió rápidamente para tocar, por vez primera, una de las torres. Seguido de ello, un brillo amplio y cegador inundó por completo el laboratorio construido sobre la bóveda de hielo, quedando apenas visible la imagen de Lars. Velozmente, él se desplazó hacia el centro de ambas estructuras, y extendió sus brazos tanto como pudo. En segundos, el brillo atenuó su intensidad en el recorrido de ambas torres, tomando un color verde musgo con brillo eléctrico, que giraba en ráfagas contrarias entre sí. Bajó sus brazos de golpe y giró rápidamente sobre su propio eje, depositó el casco de su traje en el suelo, quedando sin protección ambiental en su cabeza; levantó suavemente su rostro y miró fijamente al almirante, quien se encontraba en la plataforma de observación. Esbozó una pequeña sonrisa, sin tener reacción del oficial, bajó su mirada y la dirigió hacia la doctora, quien con dificultad lograba entender lo que ocurría, como todos los asistentes en aquel enorme laboratorio. De pronto, Lars caminó suavemente hacia la científica, quien dio un par de pasos en retroceso, pero él la alcanzó hasta el punto de un metro de distancia. Se detuvo y le dijo con voz serena:

—Tú sabes qué significa todo esto ¿y aun así quieres seguir? La ruta no está dedicada a esta generación. El contacto no debe ser entregado, ya que el camino no conduce a elevar nuestra especie, sino, por el contrario, a someterla.

—¿Cómo puedes estar seguro de todo lo que estás diciendo? ¡Eres un científico, igual que yo! ¡No debemos negar del conocimiento a los demás! Esto sería un paso significativo para nuestra raza, ¡es mi deber terminar lo que se ha iniciado! —la voz de Sophia demostraba comprensión y claridad sobre su respuesta, tenía seguridad de entender perfectamente a Lars.

—La portadora fue activada en este tiempo, y no se detendrá. Deber preguntarle a tu amigo qué fue lo que vio cuando tocó las torres, que él te diga por qué sus ojos ya no se abren. ¡No tendríamos oportunidad ante ellos! Reclamarán nuestro espacio y nuestro plano. No están dispuestos a ceder parte de su evolución por sobrevivir —las palabras de Lars fueron severas esta vez.

—No entiendo. Creo que te afectó la radiación de las estructuras. Debes decirme cómo funcionan estas cosas y dejar que progresemos en nuestra era. ¡Nos bloqueas con tus delirios! —Sophia tomó una postura inquisidora y avanzó un paso, quedando solo a unos centímetros del rostro de Lars—. Debes entender que no me detendré ahora, aunque signifique mil años en lograr saber cómo funcionan estas cosas.

El almirante tomó el hombro de la doctora, quien se giró, sorprendida, mirando al oficial sin entender qué hacía ahí, además, sin traje que lo protegiera de la radiación.

—Sophia, han pasado muchas centurias resguardando este momento, nunca nuestra especie estuvo tan al límite de su conocimiento. Los cambios ya son irreversibles, y no se puede detener el campo energético creado en nuestras conciencias. La portadora es la llave, y el manuscrito que debemos saber será la entrada y la salida.

La doctora miraba al anciano oficial sin entender palabra alguna, y observó cómo su rostro cambió de comprensivo a sombrío, girando bruscamente su cuerpo hacia Lars, extrayendo un Colt 1903 Hammerless de su bolsillo y disparando directamente sobre la cabeza de Lars, que se desplomó al impacto del proyectil en su frente, dejando un hilo de sangre en el rostro del joven científico y un charco sobre el suelo, que emanaba de la parte posterior de su cráneo. El anciano se acercó al cuerpo, miró su reloj de bolsillo, unido por una cadena de oro a su chaqueta, y dijo sepulcralmente:

—Lo siento, amigo, pero de verdad tú no sabes qué significa el tiempo —giró y miró a la doctora, que se encontraba en shock por la imagen. Al pasar a su costado, le sonrió y dijo, casi susurrando en su oído—: Sophia, tu trabajo ha terminado, ya no es necesario saber más. Las torres ya están activadas y las ondas gravitacionales se encuentran dando el patrón para los creadores —terminó y siguió avanzando junto a sus escoltas.

Sophia giró rápidamente a mirar en dirección hacia la plataforma de observación, y no vio a nadie en ella. Subió cuán rápido pudo. Una vez constató que el almirante y sus escoltas habían desaparecido, se sacó el traje lo más veloz que sus nervios le permitieron. Sus manos indicaban el shock que implicaba la situación. Logró llegar a la cámara de seguridad donde, se suponía, se encontraba el mayor Doran, pero solo verificó lo que ya intuía: su cuerpo se encontraba inerte sobre el piso, al igual que otros cuatro soldados, con sus cráneos perforados, formando un océano de sangre en el suelo, salpicando con restos de sesos los controles y pantallas de seguridad.

Siguió su frenético caminar, tomando el ascensor al costado de la plataforma de observación. Miraba en todas direcciones, sin ver a nadie más, el lugar parecía desolado y espectral con el brillo verdusco de las torres. El cuerpo de Lars sobre el piso parecía desaparecer de su lugar a cada centímetro que el ascensor avanzaba. La puerta se abrió de golpe y con un ruido estruendoso, el ascensor marcaba el nivel de enfermería. Asomó su cabeza con precaución, al no ver a nadie, corrió hacia la habitación de su amigo y colega Aarón, el cual aún estaba recostado sobre la camilla. Sophia constató que se encontraba con vida, lo movió con suavidad, pero este no reacciono; lo tomó por la cabeza, le pidió desesperadamente que despertara y rompió en llanto.

—¡Aarón, por favor, despierta! ¡No me dejes sola! ¡Paul está desquiciado! ¡Todo en este lugar está mal! ¡Aarón, despierta! —gritó al final.

No hubo reacción. Se dirigió hacia la puerta, avanzó unos metros por el pasillo cuando un sonido detuvo su marcha. Era la voz de Aarón, entonando palabras incomprensibles a los oídos de Sophia. Era un canto Shelk'nam, lo descubrió al sentir la entonación y las palabras entrecortadas. Retrocedió y se acercó suavemente, posando su oído muy cerca de la boca de su colega, quien, recostado y con sus ojos cerrados, seguía la entonación del mantra. A esa altura y repetitivo en sus ecos, no podía descubrir o entender sus palabras, pero intuía, por lo melancólico de la melodía, que no era nada bueno y seguro, sino un presagio de algo maligno y oscuro.

—¡Aarón, por favor, despierta! Soy Sophia. ¿Me puedes escuchar? —esta vez no fue diferente de la anterior: no existió respuesta.

La joven científica no daba tregua a su angustia, y las palabras de Lars replicaban en su cabeza, junto a la imagen de su rostro en el piso, que divagaba en sus pensamientos. Ya sentada en el suelo, escuchando la melodía de su amigo científico, maldecía no haberlo escuchado en su momento y haber abandonado el proyecto.

—¿Por qué estoy en esto? ¿Qué significa todo lo que me dijo Lars? ¿Quién demonios es la tal portadora? —su rostro mostraba confusión, y su mirada buscaba respuestas esquivas a su comprensión en los azulejos del piso.

—Sophia, ¿no sabes que es de mala educación divagar en voz alta cuando estás acompañada? —era la voz de Aarón, que se reincorporaba con mucha dificultad de su camilla. Ella no había reparado en que hacía tiempo que ya no escuchaba la melodía del mantra. Se puso de pie y abrazó a su colega como nunca pensó que lo haría.

—¡Ten cuidado! Mira, que estoy saliendo de un sueño muy extraño, ¿o me quieres asfixiar? Cuéntame de qué me he perdido —fueron las débiles palabras de Aarón.

Ella lo miró con rostro de angustia y cierta alegría por estar junto a él. «Extraña sensación cuando nada ha cambiado», pensó. Lo miró a sus ojos y rompió en llanto.

—¡No tienes idea de todo lo que ha pasado en estas horas! Tu accidente, la muerte de Lars, Paul es un asesino, el mayor Doran...

—Espera, ¿asesinato?, ¿muerte?, ¿mi accidente? ¡¿De qué diablos me estás hablando?! Y ¿quién es Lars?

...|M|...

El charco avanzaba lentamente en dirección al borde la torre izquierda, la más cercana al cuerpo del Lars, que yacía inerte sobre el suelo con sus ojos aún abiertos. El hilo de sangre perdía fuerza a cada centímetro que recorría, llegando en forma minúscula al borde de la estructura; lo suficiente, eso sí, para manchar y tintar el hielo, que funcionaba como esponja a su alrededor; rosando finalmente la base de la torre, logrando confundir su color verde musgo con algo de rojo, solo en el punto de contacto. Era pequeño, casi ínfimo, pero lo suficiente como para detener el campo energizado de las estructuras y el recorrer furioso de las ondas de energía que viajaban en direcciones contrarias.

Un sonido sordo estremeció todo el lugar, expulsando y fulminando restos de nieve en forma de bruma a ras de piso, cubriendo los pies de ambas torres, dando la impresión de levitar. Nuevamente, un campo energético rodeó las estructuras, magnetizando todo el sitio. La melena de Lars inició una danza según el movimiento de las ondas de energía, que tomaban un color cálido. La bruma parecía retroceder ante el avance de las ondas. Repentinamente, el cuerpo del joven científico se elevó un par de metros, y un campo de energía lo poseyó por completo horizontalmente. Un segundo estruendo giró bruscamente el cuerpo inerte en dirección vertical, dando vueltas repentinas, sacudiendo y agitando el aire. El silencio contrastaba con la imagen, y solo las ráfagas de energía insinuaban sonidos al mover la nieve. No había miradas de la escena, nadie que pudiera atestiguar lo que ocurría en aquel abandonado laboratorio tallado en las rocas y hielo del continente blanco.

Los ojos de Lars se cubrieron de un manto gris, y su cabello apuntaba en todas direcciones. El vacío de su boca irradiaba luz, al igual que sus ojos, que ya habían abandonado el color gris. La sangre desapareció de su rostro, y su cráneo había sellado el orificio del impacto de bala. Nuevamente, un tercer estruendo se dejó sentir, y todo movimiento se ralentizó. Un mantra se escuchaba, como un predicamento antiguo, que manaba de la boca de Lars, con suavidad invadiendo el lugar y penetrando toda la estructura. Su cuerpo giraba de manera lenta, elevándose sepulcralmente hacia las alturas del lugar, ubicándose justo en medio de ambas torres. El mantra creció en intensidad, hasta el punto de romper los cristales e instrumentos que rodeaban el laboratorio. Un sonido vibratorio en frecuencia, casi imperceptible al oído humano, viajó por las paredes y ascendió por la cúpula del lugar, destruyendo el techo natural de roca y hielo, perforando un enorme agujero, visible desde kilómetros de distancia, y dejando a la vista las estructuras y el campo de energía que las rodeaba, con el cuerpo de Lars levitando entre ambas. El tiempo parecía detenerse ante la colosal imagen.

. . .|м|. . .

Sophia se encontraba tratando de explicar a su colega lo ocurrido, ignorando las preguntas que consideraba intrascendentes para su historia.

—Por favor, Aarón, entiende que esto es algo que nos supera a ambos, debemos encontrar la forma de salir de este lugar —sus palabras eran desesperadas.

—Sophia, entiendo tu angustia, pero debemos averiguar completamente qué ha ocurrido en este sitio. Yo creo saber algo... no sé cómo, pero cuando toqué esas cosas —sus palabras fueron pausadas desde ese momento—, muchas imágenes tomaron mi cerebro, algunas demasiado reales, otras difusas. Ancestros de este lugar me miraron y hablaron en lenguas desconocidas para mí, pero de alguna forma creo haber entendido su significado. Existen símbolos de esas cosas que ya entiendo, pero también unos ojos grises que se tornaron oscuros me miraron fijamente. Solo temor y miedo, como nunca antes había sentido, se apoderaron de mí, una sensación que aún clava mi pecho —miró a su colega fijamente y la tomó de ambos brazos—. Sophia, en algo tienes razón: esto es demasiado grande para nosotros. Pero debemos averiguar bien de qué diablos se trata, porque siento que esos ojos que atravesaron mi mente no son nada bueno para nosotros.

Un estruendo inundó la sala de enfermería. Ambos se miraron. Aarón bajó de la camilla con dificultad, pero logró incorporarse; caminó en dirección a la puerta, se apoyó en el marco y miró a Sophia, preguntándole:

—¿Me vas a acompañar o tratarás de nadar el océano antártico hasta llegar a Tierra del Fuego? —sonrió y siguió, abandonando la habitación. Mientras, Sophia miró el techo, suspiró profunda y rápidamente caminó para alcanzar a su colega, quien a esas alturas era la única persona en la cual podía confiar.

Las habitaciones y los pasillos se encontraban desiertos, como si nadie más que ellos se encontraran en aquel lugar. No había rastro de todo el personal que se movía a diario en la base, las luces se encontraban todas apagadas y solo la iluminación de emergencia entregaba algo de claridad entre los pasillos, dando un color rojizo a las paredes. Al final, antes de llegar a los puestos de vigilancia donde se encontraban los cuerpos sin vida del mayor Doran y sus hombres, había una puerta cerrada, que reflejaba en el piso un charco de color oscuro, quizás efecto de las luces. Aarón decidió abrirla con su mano izquierda, lo hizo con suavidad, como intuyendo lo que había del otro lado. La imagen en la penumbra era desoladora: un grupo de cuerpos tirados en el piso, algunos de ellos apilados. Aarón no debió meditar mucho para saber que se trataba del personal de la base. Logró distinguir algunos rostros entre los cuerpos con expresiones de horror, ensangrentados, la mayoría decapitados. Soltó lentamente la puerta, cuidando de no hacer ruido alguno, miró hacia su costado y observó el rostro de Sophia con su mirada perdida y su boca entreabierta y temblorosa. La abrazó y le dijo suavemente a su oído:

—Saldremos de este pandemónium, te lo prometo.

$$\ldots |\mathsf{M}| \ldots$$

Dos figuras humanas se reflejaban a unos cinco metros de distancia entre sí, una parecía ser el anciano oficial, Paul, y la otra una mujer joven que no era reconocible para ninguno de los dos científicos. Se encontraban en el salón de reuniones que antecedía la nave central del laboratorio, no existía movimiento por parte de ninguno de ellos. Los rodeaban siete figuras más, que con armas en posición de disparo apuntaban a la joven mujer. La imagen era difusa por la iluminación los ventanales, no permitía toda la claridad necesaria para visualizar con mayor detalle la improvisada reunión; lo que era claro era que ninguno de ellos hablaba o efectuaba movimiento alguno. Aarón miró a Sophia y le hizo un gesto de silencio, y de que lo siguiera sigilosamente para tratar de tener una mejor panorámica de lo que ocurría en aquel salón. Ambos se movieron prolijamente y trataron de tomar una posición estratégica. Pasaron varios minutos antes de poder escuchar, por fin, la voz del almirante Paul, quien hablaba con calma y total seguridad hacia la figura femenina:

—Debes cumplir ahora con tu mandato, no puedes esperar más. La humanidad ha corrompido demasiado tiempo la faz de este planeta. Es tiempo de dar paso a la sobrevivencia de los creadores.

No existió respuesta de la mujer, y la mirada de Aarón se perdió en el suelo del lugar en que se encontraba escuchando. Tomó su cabeza con ambas manos, evidenciando un dolor fuerte e incontrolable, y cayó al suelo en posición fetal, sin soltar su cabeza; su expresión de dolor se acompañó con un grito de suplicio. Sophia, que se encontraba frente a él, no sabía cómo reaccionar, y su rostro de pánico se apoderó de ella. Trató de callar su grito entre sollozos y palabras de calma, finalmente lo movió de golpe para que reaccionara. Al instante, notó que a su costado se encontraba una mujer alta y de gran belleza, con una mirada perfecta e intimidante. Retrocedió hasta la pared, arrastrándose de espaldas. Desde el suelo, su rostro demostraba temor, y por segundos olvidó por completo a su amigo, quien ya no se revolcaba de dolor, solo permanecía tendido sobre el suelo, desmayado, tal vez.

—No me hagas daño, yo no sé qué ocurre. No quiero morir, por favor —las palabras de la científica eran desesperadas.

De pronto, reparó que detrás de la mujer se encontraba el almirante, quien sonreía perversamente. Sophia tomó su cabeza con ambas manos y suspiró profundamente, entendió que suplicar no serviría, y que quizá su suerte ya se encontraba trazada. Lanzó otro suspiro y se levantó lentamente del piso, mirando a los ojos a la joven mujer, y de reojo al almirante. Tomó aire y valor para hablar calmadamente y fuerte, como en un último intento de lograr disuadir a quienes la acechaban:

—No sé quién eres y qué necesitas de nosotros, pero mi amigo y colega necesita ayuda. Claramente veo que será difícil tenerla de ustedes, pero deben saber que somos los únicos que podemos hacer funcionar las estructuras —Sophia se sorprendió al decir aquella afirmación, pero le pareció buena idea, ya que entendía que todo tenía que ver con las torres alienígenas.

—¿Cómo te llamas, mujer? —fueron las palabras de Antonia.

—Mi nombre es Sophia.

—¿Crees que tus padres están orgullosos de lo que has sido en tu existencia, Sophia?

—Siempre he pensado que ellos dejaron este mundo sintiendo admiración por mis logros, pero quien los admiraba en realidad era yo a ellos, porque con tan poco lograron construir mucho: una familia y tener amor sin límites, el uno por el otro. Ahora, ¿qué tiene que ver esto con las estructuras?

Sophia tenía una posición, evaluando sus posibilidades de salir con vida de esta situación. No dejaba de mirar de reojo al oficial, atenta a cualquier movimiento de él y sus hombres.

—Tu especie es increíble y tú lo sabes, eres científica. Han logrado crear diferentes planos en su razonamiento, algunos de ellos dimensionalmente opuestos; conciben futuros y proyectan vidas en base a nada. ¿Realmente entiendes lo que te digo?, lo último que quizás sintieron tus padres fue el dolor de dejar la vida, y ese orgullo mutuo entre ambos solo es un rasgo de admiración primitivo que se basa en la supervivencia de una raza que descubre poco a poco que su inteligencia crece —Antonia habló con suavidad y con voz profunda, nunca dejó de mirar directamente a los ojos a Sophia—. Incluso ahora, ves tus posibilidades de sobrevivir y vigilas a los humanos que se encuentran tras de mí, atenta a sus movimientos.

Una figura irrumpió desde el piso. Era Aarón, quien se levantaba con dificultad al costado de Antonia y miraba extrañado de la situación, tomándose su cabeza, en signo de resentir del dolor que le había hecho perder el conocimiento. Avanzó con suavidad hacia Sophia y miró directamente a Antonia, ignorando por completo la presencia de los demás, especialmente de los hombres del almirante, que apuntaban a su cabeza con sus armas y con segura certeza de acertar si fuera necesario.

—Veo que han comenzado sin mí esta pequeña junta… Espero no haber perdido mucho tiempo en el piso… —no alcanzó a terminar cuando un segundo estruendo, mayor que el anterior, se escuchó nuevamente, rodeando el lugar con un eco profundo—. ¿Qué es ese ruido? —preguntó, casi exclamando, Aarón.

—Portadora, debes iniciar el proceso —el almirante instruyó, como si le hablara a un subalterno, sin ser cortés en su tono.

Antonia dio vuelta y avanzó entre Paul y sus hombres. Antes de dejar el lugar, se detuvo y dijo con voz suave:

—No quiero que les provoquen daño, necesito de ambos cuando esto termine —desapareció de la habitación por un pasillo en dirección al laboratorio de la nave central.

—Veo que tienen suerte hasta ahora. No tienen idea de qué se trata todo esto ¿verdad?, pero serán testigos privilegiados del mayor evento de la humanidad —el almirante tomó una pausa, acercó su rostro al de Aarón y lo miró fijamente a los ojos—. Pero tú lo sabes, ya lo viste, cuando tocaste esas estructuras, ¿cierto? Claro que lo sabes, pero no tienes el valor de reconocerlo aún. Te ayudaré con la palabra que has buscado desde que estás consciente: ¡extinción! Esa es la que se ajusta, ¿o me equivoco? —miró a sus hombres y, con un gesto, hizo que se los llevaran.

…|M|…

—Señor, hemos tenido novedades del agente: se encuentra en la parte occidental de la rivera continental, con un grupo de soldados rusos que provienen del submarino detectado hace algunas horas. Creo que preparan acciones hostiles contra la base.

Esas fueron las palabras del primer teniente, Karol J, según decía su identificación. Se trataba de un hombre de confianza de Paul, y quien lo acompañaba desde hacía veinte años en todas sus misiones. Su nombre no aparecía en ningún registro de la armada o la milicia británica, y solo respondía a las órdenes del almirante. Era capaz de dar su vida ante la orden de su oficial superior, y, según sentía él, su amigo y protector.

Paul lo miró y habló severamente:

—Remedia tu negligencia: nunca debiste de perder de vista a ese imbécil, te advertí que era más astuto de lo que parecía, ahora alertará a otros del proyecto. Espero que sea tarde para ellos —Karol giró en el acto y ordenó a dos de sus hombres que lo siguieran en dirección a la rivera occidental de la base, con claras intenciones de tomar medidas sobre el asunto.

…|M|…

Un tercer y profundo estruendo se sintió a la distancia, provocando la atención de los soldados y del agente Roland Cross, quien no podía evitar en su rostro la expresión de asombro ante la imagen que observaba a lo lejos: una nube blanca con enormes bloques de hielo despedidos por los aires y cayendo a varios kilómetros de distancia, dejando tras de sí un cráter enorme. El agente miró al capitán Ivanov, un marino cincuentón oriundo de Sochi, quien dio sus primeros pasos entre los nevados picos de las montañas del Cáucaso y el Mar Negro. Era hijo de una familia sin tradición militar, clase trabajadora, siendo el primero de tres hermanos, y con un padre severo, quien hizo de las golpizas un estilo de vida. Se enlistó en la marina porque el horizonte posado en el mar siempre representó una salida a su dura niñez, que con sus recuerdos lo aprisionaba y ahogaba entre llantos y dolor. Entre sus filas se rumoreaba que rara vez pisaba suelo continental, ya que odiaba tierra firme, quizá porque le insinuaba un pasado reñido con la felicidad. No se le conocía esposa o hijos, y su rostro solo reflejaba severidad, al igual que sus palabras.

—El tiempo ya no está de nuestro lado, capitán Ivanov, el factor sorpresa está doblegado solo a nuestra premura, y cada segundo que pasa implica ventaja para el almirante Paul y la posesión sobre esta arma —Roland miró hacia el cráter y vio el crepúsculo boreal tomar parte del horizonte—. Usted ya tiene sus órdenes, proceda con diligencia, capitán, yo los acompañaré a distancia.

El capitán miró sin dar expresión alguna en sus ojos, giró y dio la orden a sus hombres de avanzar en los vehículos oruga que tenía preparado el agente. Fue en compañía de dos soldados que lo resguardaban y lograron infiltrarlo para salir de la base sin ser visto por nadie.

—Señor Cross, usted comprende que, al ingresar a este laboratorio, tomaremos en custodia todo aquello que signifique peligro a la seguridad de nuestra nación. Y si para ello debo matar a sus científicos o camaradas, no dudaré en hacerlo —Ivanov habló con fuerza desde unos tres metros de distancia, dando mayor esplendor a su acento ruso. No esperó respuesta, subió a su vehículo y avanzó rápidamente, perdiéndose entre la bruma y el viento helado del continente.

…|M|…

Amaya había decidido que la mejor forma de celebrar sus 60 años sobre este planeta era realizando un viaje que la acercara a distintas culturas, y que lograra disuadirla de su monótona vida y estresante empleo de ejecutiva financiera en su tradicional Japón. Para tener éxito en su propósito, eligió iniciar su aventura en Australia, nada mejor y distinto a lo conocido por ella. La época del año era propicia para descansar e iniciar una nueva etapa en su vida tras la muerte de su único y gran amor, quien tenía tres años de haberla dejado sola en este plano; es por eso que le llamó la atención la extraña brisa, casi gélida, que provenía desde la bahía Port Philip, formando un pequeño oleaje río arriba, moviendo inusualmente las pequeñas embarcaciones que se encontraban en la rivera del Yarra. Desde su posición en el puente Southgate, se divisaba parte del horizonte cálido, típico de la época, que cambió bruscamente su tradicional color rojizo por un aura verdosa, avanzando en forma aleatoria, creando ondas magnéticas. Amaya buscó rápidamente en su celular la aplicación turista, tratando de ver las características del lugar. El moderno dispositivo cayó al suelo de golpe y sin mayor resistencia. Los ojos de la mujer no daban crédito a lo que veían, un aura magnetizada y de gran intensidad se acercaba desde el horizonte, destruyendo todos los ventanales, impulsando un oleaje enorme, casi imposible de dimensionar; volcando, arrastrando y sumergiendo todo a su paso. Primero el aura pasó fugazmente sobre todos los que se encontraban a su alrededor, luego un silencio profundo dio paso a la respiración de Amaya, que miró de reojo cómo la torre coronada por un enorme reloj de la antigua estación Flinders Street se paralizaba y partía en dos sus hojas. La mujer cerró sus manos fuertemente sobre la baranda del puente, buscando aferrarse entre los miles de candados que profesaban amor eterno entre los amantes que cruzaban sus límites todas las noches en Melbourne. Su corazón latió, tratando de arrastrar los segundos que se aproximaban en su vida. Amaya cerró sus ojos, pronunció el nombre de su gran amor y sonrió, haciendo eco en su mente de su imagen y voz interna.

—Solo tú y yo sabemos qué largo es nuestro viaje cuando no estamos juntos. ¡Espérame, amor, no vayas sin mí! —la ola pasó destruyendo todo, con golpe certero a la construcciones y tecnología desarrolladas por el hombre.

...|M|...

Antonia miró hacia arriba el cuerpo de Lars. O le que parecía ser él, ya que su aspecto había variado un poco, sufriendo algunos cambios en el largo de su cabellera, y su cuerpo aparentaba encontrase algo más estilizado. En los ojos de la portadora se reflejaba intensamente la figura del joven científico. Así transcurrieron largos minutos, sin efectuar movimiento alguno, solo el de sus ojos, que seguían la rotación en el aire de Lars.

—¡No tienes toda la eternidad! ¡Baja a ese tipo de ahí y cumple tu propósito! —las palabras de Paul fueron secas y con autoridad.

Ella giró su cabeza y miró directamente a los ojos del anciano oficial.

—No debes olvidar tu posición, humano —el rostro del oficial no expresó conmoción alguna por las palabras de Antonia, y en un par de segundos respondió:

—Debes cumplir con tu obligación, el tiempo ya es escaso.

Antonia avanzó lentamente hacia las estructuras, inclinó suavemente su cuerpo, impulsándose hacia arriba; se elevó imposiblemente, transgrediendo todo lo normado por la física conocida. Tras sí dejó una estela de energía que expedía violentamente flujos eléctricos a su alrededor, como si de ello dependiera mantener su altura. Logró alcanzar el nivel de Lars, cuyo rostro se ocultaba tras su cabellara, que colgaba suavemente y se mecía, como si la energía que lo rodeaba dirigiera sus movimientos. Todo alrededor de ambos se iluminaba, formando un enorme bucle en forma de esfera que mantenía los cuerpos levitando. Antonia ladeó su cabeza, inspeccionando el rostro del hombre que tenía frente sus ojos, tratando de descubrir alguna pista sobre quién se trataba. El tiempo transcurría sin importancia para ella.

—No entiendo qué espera para accionar estas cosas —pensó Paul, mostrando un rostro irritado y sombrío. Miró hacia atrás, donde se encontraban Sophia y Aarón, ambos con sus manos esposadas, e hizo un gesto con su mano derecha para que se acercaran a su costado—. ¿Nunca pensó usted, doctora, que sería testigo de un momento tan sublime para nuestra era? —la miró y sonrió.

—La verdad, no se qué pensar, ya que no entiendo nada, y todo esto escapa a mi conocimiento científico. Solo tengo la certeza de lamentar haber colaborado con ustedes, no puede resultar nada bueno de todo esto, con tanta sangre y muerte alrededor —la voz de Sophia mantuvo notas de tristeza en sus palabras.

—Admiro su labor y persistencia en este asunto, y no crea que no lo valoro. Pero debo decirle que este punto en la línea del espacio ya estaba destinado desde hace mucho tiempo, doctora. Con o sin usted, lo lograríamos de igual forma —el oficial dejó de mirarla y giró su cabeza hacia arriba, para tratar de ver qué hacía Antonia.

—¿Y su amiga le rinde cuentas a usted, señor Paul?, ¿o trabaja por cuenta propia? La verdad, no le veo el perfil de trabajadora dependiente —la voz de Aarón se abrió espacio en el laboratorio, que cada vez se veía más iluminado desde arriba con la energía que expedían Antonia y Lars.

El almirante miró, dibujando una mirada sombría.

—Usted comprende de qué se trata todo esto, señor Aarón, lo veo en sus ojos. Solo es un acto de caridad a sus instintos de curiosidad el que se encuentren aquí, junto a nosotros. Una vez que termine esta fase, usted y la doctora deberán seguir los pasos de sus amigos. Lo tiene claro, ¿verdad?

Los ojos de Lars se abrieron de golpe, mirando fijamente entre su cabellera a Antonia. Ella no retrocedió, siguió a la misma altura y distancia, sonrió y preguntó, solo con su mente:

—¿Quién eres tú y por qué interfieres con mi propósito? —no existió respuesta, solo un destello de energía que rodeó a Lars y provocó que los asistentes a los pies de las torres se protegieran los ojos.

—No entiendo, ¿los creadores te enviaron con señales y camino distinto al mío?, ¿es por ello que no respondes? —preguntó Antonia.

Fue seguida por un segundo destello, esta vez de mayor intensidad, resaltando el cuerpo de Lars, quien la seguía mirando fijamente.

Ella cayó en cuenta de que desde su nariz comenzó a caer un pequeño hilo de sangre, logrando aturdir sus pensamientos; dirigió su mano hacia su rostro para verificar el fluido. Su expresión reflejó extrañeza.

—Tu energía se incrementa, al igual que la mía, producto de la gravitación que surge de estas torres. Pero tu código es distinto al mío, no puedes ser producto de los creadores. ¿Quién eres tú? —Antonia insinuó, después de mucho tiempo, con cierto temor en su mirada.

El campo energético de Lars aumentó violentamente, rodeando todo su entorno con un aura expansiva, tornando la luminosidad del lugar de color rojizo. Sus brazos se extendieron al máximo y su rostro se tornó sombrío. Por primera vez, dirigió su voz hacia Antonia, profunda y fuerte:

—No puedes acceder, nunca ha sido destinado para ti este punto del espacio. La evolución de los creadores debe ser en su plano, esta existencia ha sido trascendida por los humanos, y ellos deben surcar su propio horizonte, aunque esta sea su extinción. Así lo entendieron los custodios, esa es la causa de mi sobrevivencia —las palabras de Lars portaban dolor, mientras que su mirada inculcaba decisión sombría.

En un gesto fugaz, unió sus brazos y palmas de golpe. Tan veloz fue el movimiento, que Antonia no pudo advertirlo. Entre las manos del que fue científico alguna vez, brotó un canal de energía color luz solar, creando una especie de bucle de tiempo que envolvió ambos cuerpos, distorsionando todo el entorno, desapareciendo las murallas de hielo eterno y las torres. Ya no se encontraban en el laboratorio, y solo se divisaba un horizonte de energía en su lugar.

$$\dots \mathsf{|M|} \dots$$

Antonia intuyó que su cuerpo se encontraba boca arriba, sus manos rozaban texturas semejantes a las piedrecillas del borde mar que había conocido en la isla grande de Tierra del Fuego. Sosiego y calma tomaron el control de su mente, una brisa fresca y lejana le hacía experimentar sensaciones reconocibles, quizá no corporalmente. De pronto, visualizó parajes que imaginaba cuando aún era una niña, solo podía ser el lugar que la rescataba de su somnolencia y amargura en el instituto donde estudiaba. Pero esta vez era distinto: ya era consciente de quién era y su objetivo en este plano de la existencia.

Sus ojos continuaban cerrados, no quería alejar la imagen guardada con tanto celo en algún lugar de su mente. De pronto, recordó a Carlos y sintió dolor, tal vez culpa por haberlo abandonado, su único amigo en esta existencia, lo único perecido a un hermano o familia. Antonia pensó en no abrir sus ojos, ya no había razón de cumplir ningún mandamiento, ya no controlaba su entorno, y esa energía de aquel portador que no conocía dominaba sus movimientos.

El silencio ejercía presión en su mente, martillaba su consciente, obligándola con susurros escarchados a abrir sus ojos. La somnolencia de sus parpados dio paso a una bóveda oscura de árboles que coronaban circularmente el manto infinitamente estrellado del cielo nocturno. ¿Cómo podía haber tantas estrellas en tan pequeño espacio? Logró ponerse de pie, pero no podía distinguir sus manos ni su cuerpo, solo observaba el bosque, oscuro como ninguno conocido por ella antes. En el cielo se matizaban colores violetas y ráfagas de luminosidad que terminaban en los bordes del bosque. A lo lejos, una silueta se divisaba acercándose lentamente, levitando entre los árboles; en pocos segundos ya era visible, en un lapso de tiempo imposiblemente corto ya se encontraba frente a Antonia. No la conocía. Con extraños rasgos y vestimenta, su cuerpo correspondía a una mujer anciana, y su mirada irradiaba bondad. No fue necesario que pronunciara su nombre, Antonia, sin saber cómo, lo conocía. Sus genes amplificaban su nombre en su mente, junto a los ecos del alba de la humanidad.

—Extraño lugar para conocer a un custodio, junto a tanta oscuridad. No es común en tu linaje este entorno, Altchek —Antonia habló con clama y seguridad—. Si estoy en lo cierto, ese es tu nombre.

La anciana levantó su brazo, indicando el cielo que se veía sobre ellas. Luego miró con decisión a Antonia y susurró con suavidad:

—Tu espacio no es en este plano, portadora. La senda es para el hombre, y no para ser cruzada por los creadores, su existencia fue decidida ya por su evolución, solo el hombre deberá decidir en qué punto elevar su conciencia. La creación se expande para luego extinguir sus mundos, siempre ha sido de esta forma, y así seguirá, hasta colapsar todo e iniciar nuevamente.

Antonia observó que su entorno se deprimía en un oscuro profundo, evocando ráfagas de auras magnetizadas que lograban mecer las copas de los árboles de forma sincronizada. Aún sentía que su cuerpo se encontraba de pie, a pesar de no identificar ninguna parte o extremidad de él.

—Pocos se atreven a ser tan severos en sus designios, anciana. Tu raza es menor, y la trascendencia que ha logrado aún no le permite ver hasta dónde el horizonte marca el devenir de su existencia. Yo soy una portadora, tú sabes qué significa eso. Para ti y los tuyos ya no hay opciones —Antonia terminó bruscamente sus palabras, y creyó tomar el control de la situación.

—El desaparecer solo es un paso en este horizonte que mencionas, no puede perpetuar en posición de otros. Este plano y lugar danza con la energía vibratoria creada y amplificada por la conciencia humana, no debes intervenir —los ojos de la anciana se encendieron al terminar de hablar, y la sombra adornó su rostro. Su cabellera se elevó con suavidad tensa, y sus manos apuntaron directamente al rostro de Antonia.

Un torbellino de energía envolvió la mente de la portadora, trasladándola a un extraño lugar rodeado de bruma. Imágenes distorsionadas pasaban fugazmente frente sus ojos, la niebla solo retrocedía ante destellos de luz casi solar. Una galaxia se aproximó a su mente, dos planetas rozaron su rostro, una civilización en ruinas, consumida por un agujero negro con una masa un millón de veces mayor al sol que ilumina la tierra. Miles de naves levitaban en el espacio, sin dirección, sumergiéndose en nebulosas de gas intergaláctico; otras se desvanecían en estrellas lejanas. Supremamente, la oscuridad tomó el control de todo lo visto, la nada comprimía la materia, todo colapsaba hermosa y destructivamente en vacío infinito. Desde un punto en el espacio, brotó luz y creció fugazmente, creó ondas expansivas a la velocidad de la luz, y la luminosidad se convirtió nuevamente en bruma. Un ciclo majestuoso y etéreo nació de la nada: era el todo.

Nuevamente, Antonia despertó boca arriba sobre el piso. Ahora ya sentía su cuerpo y podía ver sus manos, a pesar de la oscuridad del bosque. Miró sobre su cabeza y aún distinguía la corona de los árboles y el círculo de estrellas, pero esta vez tenían un color puramente violeta, el cual contrastaba con los límites de la bóveda arbórea. Quiso avanzar, pero sus movimientos no llegaron a ningún lugar. Otra figura se acercó hacia ella, precedida de un brillo corpóreo, dando la sensación de un aura majestuosa. La figura le era conocida. A centímetros de su rostro, reconoció los ojos del extraño que la había guiado a este bucle de tiempo. Su cuerpo mostraba trazos de pintura blanca, formando patrones horizontales en el torso y verticales en su rostro, imagen majestuosa de la cultura selk'nam.

—El colapso de tus creadores ha modificado el espacio y el ciclo de la existencia de nuestra era. No podemos permitir que nos arrastren sin terminar nuestro ciclo. Los custodios sintieron el error de tu civilización y visualizaron la intervención desesperada de alguno de los tuyos. Es necesario destruir ambas torres, el puente debe ser sellado, ya no existe trascendencia para el hombre en la dimensión de los creadores —el silencio siguió a las palabras, la luz de su cuerpo se tornó de un color verdusco, y en su mirada brotó decisión—. No hay rescate en nuestro plano para ellos, la raza humana no será esclava. Nació libre y su ocaso será en igual término.

Antonia sonrió, fijó sus ojos en los de Lars, y con suavidad asintió con su cabeza. Luego dijo:

—Aún no comprendes que esta línea fue trazada por nuestros creadores antes de acceder a este plano. Solo el infortunio y la falta de lealtad de los custodios permitió que su raza superara las expectativas iniciales, siempre han sido un rescate, un nuevo hogar. Su espacio ha sido concebido multidimensionalmente solo para trascender y acceder en esta era.

—El destello de tu ser y la energía de tu cuerpo solo son posibles gracias a la conciencia humana que habita tu mente. Aún no entiendes, portadora, que tú eres tan humana como a quien tienes frente tus ojos. Solo la evolución que se ha desarrollado en nuestros cuerpos nos ha permitido ver distinto y elevarnos en dimensiones imposibles hoy para un humano común, pero ellos ya nos alcanzarán, solo es cuestión de tiempo y sabiduría —la voz de Lars se extinguió suavemente.

$$\ldots\,|\mathsf{M}|\,\ldots$$

Ivanov dio cuenta de su determinación al ponerse en pie dentro del vehículo que los trasladaba y sacar la mitad de su cuerpo en la escotilla superior. Tomó su arma automática AK–12 y la apuntó directamente a los parabrisas de los vehículos orugas que venían a su encuentro.

Extraños sentimientos afloraron en su mente, su sangre hervía por destruir al enemigo que se acercaba, adversario que no conocía y solo referenciaba por los dichos de un agente británico. No creía ser un cobarde, pero pocas veces había salido de su submarino al combate de infantería. Tomó con mayor decisión su arma y pronunció en su mente, casi como un mantra:

Ave de fuego, reinarás sobre mi espíritu en el viaje de luz y guiarás mis pasos en la oscuridad.

Frase acuñada en su bitácora cada vez que iniciaba una nueva misión en su amada fortaleza metálica. Miró fijamente y disparó sin temor a fallar. Sus escoltas lo siguieron en el acto, dispersando ráfagas de disparos a discreción. La nieve fumigaba el ambiente bélico con la ventisca crepuscular fría y el soplido del viento, que se tornaba inusualmente insoportable para la época del año.

Un disparo encontró el cráneo del marino que dirigía el vehículo en el que cabalgaba Ivanov, volcando espectacularmente sobre un montículo de nieve. El capitán fue expulsado varios metros hacia adelante, quedando boca arriba, con su pierna izquierda fracturada y su columna destrozada, dando paso a la agonía y el dolor de abandonar la existencia sin saber si fue suficiente el tiempo empleado en lo realmente importante. A lo lejos, divisó el humo de los otros vehículos, que fueron destruidos con municiones de guerra de mayor tecnología a la que sus hombres portaban. Su rostro reflejaba su devenir hacia la muerte.

En segundos, una figura se posó sobre su cuerpo destrozado. Desde el suelo lucía imponente, la sangre en sus ojos no le permitía distinguir con claridad sus características. La voz sonaba lejana, casi extinguiéndose en sus oídos, hasta que logró descifrar algunas palabras:

—Oficial, dígame dónde se encuentra el agente Roland Cross y su sufrimiento terminará pronto.

Ivanov sonrió, o eso creyó hacer. Entre resoplidos de sangre en sus labios, dijo con voz difusa:

—A ustedes también los embaucará, eso es lo que hace —resopló nuevamente y un susurró salió débilmente de sus labios—: *Ave de fuego, reinarás sobre mi espíritu en el viaje de luz y guiarás mis...* —un disparo certero en su frente consumió su mantra.

Karol miró hacia el horizonte, sus ojos reflejaban la determinación de una tarea inconclusa. Subió a su vehículo y se dirigió hacia la posición de atraque del submarino. Lo seguían dos vehículos escoltas, cada uno de ellos con solo un ocupante dispuesto a luchar o dar la vida por su oficial superior.

…|M|…

Roland sintió nerviosismo al divisar desde la lejanía dos pequeñas columnas de humo negro abrazadas por ventiscas de nieves y viento antártico. Tomó su celular satelital y se apartó unos metros de los soldados que lo acompañaban. El resto del contingente militar se encontraba en el submarino ruso por estricta instrucción del capitán Ivanov.

El agente marcó cinco dígitos con la certeza de que encontraría respuesta en segundos. Pasaron seis minutos y varios intentos, pero no hubo conexión con nadie. Su rostro reflejó preocupación al observar a lo lejos tres vehículos que dejaban tras de sí torbellinos de nieve. De pronto, un número desconocido resonó en su móvil. Lo tomó torpemente y respondió lo más rápido que le permitieron sus gruesos guantes, tratando de que no se le cayera el aparato sobre la gruesa nieve.

—¿Con quién hablo? —fueron las escuetas palabras de Roland.

—Agente, tu situación es delicada y los acontecimientos en estas las últimas horas en el continente blanco dejan poco espacio para articular cualquier acción ventajosa que nos dé supremacía sobre las estructuras.

El agente guardó silencio un instante y respondió con otra pregunta:

—¿Qué ha ocurrido en las últimas horas?

—Usted debería saberlo mejor que nosotros. Las estructuras han generado distintas anomalías: bucles de energías, anulando gran parte de los sistemas electrónicos terrestres y logrando alteraciones gravitacionales solo posibles en cuentos de ciencia ficción; tsunamis emergiendo de la nada; nubes cargadas de energía brotan espontáneamente en el cielo, y sobre el continente blanco existe un agujero de gusano, o algo así. El alto mando solicita explicaciones, pronto un submarino de los nuestros alcanzará el posicionamiento del ruso. Esto puede terminar muy mal.

—¿El agujero de gusano está al alcance de nuestras naves? —Roland preguntó con nerviosismo evidente en sus palabras.

—Sí, pero ninguna ha logrado acercarse hasta hora, algo o alguien articula ondas de energía que deshabilitan los sistemas electrónicos, enviándolos a pique. Además, debes saber que la marina chilena ha envidado un navío a husmear, y debiera estar en no más de dos horas en la costa antártica; sin mencionar los submarinos chinos, que están en las inmediaciones. Debes lograr interceder en esto. ¡Cross, ya no existe opción! Si las estructuras no son nuestras, deben ser destruidas, o ya nada quedará para repartir.

—Lo que me pides es imposible, estoy solo y el almirante tiene el control. Además, la portadora ya se encuentra en el continente —la voz de Roland sonó inquieta, y al final silenció su tono, tal vez por el temor de que Antonia lo escuchara.

—Algo debes hacer, quien te encuentre te eliminará, tú lo sabes. Al final del día se te recordará como el responsable del sacrificio de la humanidad. En el submarino norteamericano existe un agente que te ayudará a salir de ahí, pero antes debes lograr destruir las estructuras, o no tendrá sentido salir del continente —la voz al otro lado del aparato no daba esperanza de escape.

—Necesito saber si el Concilio sobrevivió a la revelación de Antonia, es importante para mí tener eso claro —el agente agudizó su tono.

—Nada es seguro en este momento, quizás Claudia ya no esté entre nosotros. Tú sabes muy bien que hay una probabilidad muy alta de que la portadora eliminara a todos en ese barco.

Siguió un corte de conexión a la llamada, pero a Roland pareció no importarle. Su vista en segundos se expandió hacia el vasto océano antártico, cerró sus ojos por un instante y suspiró muy profundo, como anunciando un dolor insalvable. Fue interrumpido por las voces de los soldados que le acompañaban y advertían la cercanía de la patrulla liderada por Karol.

...|M|...

Sophia apenas logró abrir sus ojos, pues repelían instintivamente el reflejo de la luz que inundaba el laboratorio. Sus sentidos aturdidos aún no eran lo suficientemente lúcidos como para reconstruir lo que había ocurrido y qué significaba todo a su alrededor; por un instante sintió que, tal vez, todo esto era un mal sueño, y que su padre la despertaría, como cuando era una niña, para jugar durante mil horas en el patio de su hogar ya olvidado, como tratando de recuperar las largas horas de su ausencia, producto de sus viajes. Un destello de tranquilidad inundó su mente, solo fue un momento, interrumpido por las manos de Aarón sobre su rostro, tratando de despertarla.

—¡Sophia, por favor, despierta! ¡Mueve tu cuerpo! ¡Debemos salir de este lugar! —fueron las palabras urgidas de Aarón.

La doctora, finalmente, logró abrir por completo sus ojos y reconocer su laboratorio, no enfocaba bien, debido a la gran luminosidad sobre su cabeza, que coronada la parte central y de mayor altura de las estructuras. Una gran esfera de energía brindaba una imagen imposible de clasificar o describir.

—Levanta mis brazos, creo que me he roto las costillas con la onda expansiva de la explosión, o lo que fuera esa cosa —su voz evidenciaba claramente desgaste y dolor, pero estaba determinada a ir detrás de su colega, lejos de ese lugar apocalíptico.

Ambos apoyaron sus espaldas sobre la pared del laboratorio, tratando de tomar algo de aire y de tener una mejor panorámica del lugar. Aarón dirigió la vista de Sophia, indicando con su mano derecha el lugar donde yacía el cuerpo del almirante Paul, junto a un gran charco de sangre, a unos cuatro metros al costado izquierdo de las estructuras. Su figura se encontraba plantada al piso por una estalactita, formada como mudo testigo de miles de años. Luego, indicó sobre los otros soldados, algunos aturdidos aún y otros posiblemente muertos por el impacto de la onda sobre sus cuerpos. El cuadro era espeluznante, con la luminosidad de la esfera que acentuaba las sombras, logrando alargarlas sobre las paredes del lugar, dando imágenes sin definición, imposiblemente estilizadas.

—¿Qué está ocurriendo, Aarón? ¿Qué es esa cosa allá arriba?, y ¿dónde están las dos personas que levitaban? —Sophia sospechaba que ninguna explicación rosaría la realidad que los acechaba.

—Creo saberlo, no me preguntes cómo, pero, si alguno de los que levitaban sobrevive, no es bueno para nadie que esté en este lugar, y si la mujer crea algún lazo con estas cosas, es el fin para nuestra raza —Aarón miró a su colega, la abrazó instintivamente y le dijo a su oído suavemente—: No podemos permitir ninguna de las dos opciones, Sophia.

Ella lo apartó suavemente y sus ojos demostraron desilusión al eco de las palabras de Aarón; bajó su cabeza y negó con un movimiento brusco, sin palabra, hasta romper en llanto descontrolado, angustiante, desenfrenado, de ira y dolor. Aarón la tomó y la estrechó contra su pecho, sus manos acariciaron su cabellera, acercándose nuevamente a su oído.

—Sophia, esto es lo que siempre has buscado: trascender en algo único, al igual que yo; saber más sobre todo lo conocido y descubrir lo imposible. Hoy es nuestro turno de hacer más de lo que ningún otro científico ha imaginado siquiera, no podemos abandonar a los nuestros a su suerte, y tú lo sabes.

Los segundos fueron eternos en el tiempo de Aarón, quien creyó esperar ya demasiado por la reacción de su colega. Tomó suavemente su rostro con ambas manos, conectó su mirada con la de Sophia, removió el cabello de sus ojos y, con una leve sonrisa, le susurró, como evitando que lo escucharan:

—Amada amiga, no me dejes solo en esto. Necesito de ti para lograrlo, tú eres la más ambiciosa de ambos, ¿recuerdas?, y la única persona que quiero ver cuando esto termine… a nadie más.

Sus miradas se siguieron sin escapatoria por largos segundos, ya nada importaba. La luz reflejaba el llanto de Sophia como un aura luminosa en su rostro. Ella estrechó su cuerpo aún más junto al de él, sintió su respiración y el latido de su corazón azotó su ánimo. Levantando su cabeza, lo miró y dijo con una sonrisa:

—Creo que nos debemos un café una vez termine todo esto, y el beso de vuelta que me debes por el que yo te di.

Ambos se levantaron para dirigirse hacia las estructuras y, a distancia de unos tres metros, las observaron por algunos minutos. Sophia miró a Aarón y le dijo en voz fuerte, para sobrepasar el sonido que emitían las ondas de energía que rodeaban ambas torres:

—¿Qué esperas que vea?

—¿Tú identificas los patrones de energía que reflejan ambas torres? Debemos descubrir si podemos utilizarlos a nuestro favor —Aarón apenas pudo contener su emoción por lo que acaba de decir—. Es simple, al final solo es energía, y esta puede ser conducida a nuestro antojo. Solo debemos descubrir la forma.

—¿Y cómo se supone que lograremos eso?, emitir tanta carga energética para lograr cambiar los patrones o sobrecargar el sistema que las alimenta —Sophia demostró toda su incredulidad ante la idea de Aarón, y agregó—: Y ¿cómo esto terminará con esta anomalía sobre nuestras cabezas?, parece ser independiente de las torres.

—Esa es la solución, tú lo has dicho: ¡la carga energética! ¡Hay que saturarla o sobrecargarla! Esta cosa llegará hasta la nube de Oort. Acá tenemos un laboratorio saturado de generadores de alto voltaje, es cosa de conectarlos a los pies de las estructuras y encender sus interruptores… Créeme, funcionará. Es la única forma de cerrar este desastre, Sophia.

Sophia quedó paralizada con la idea de Aarón, no terminaba de convencer su intuición: si bien era factible sobrecargar ambas torres, esto no garantizaba nada. Quizás había otra opción que permitiera, además, el destruir el bucle de energía, que a esas alturas destilaba energía por todo el laboratorio.

—Creo que podríamos optar por algo un poco más radical, yo voto por volar estas cosas. Como tú dices, tenemos todo, solo debemos sumar un ingrediente más… un explosivo, o algo parecido. Por lo demás, estamos en una base y sé que en la armería existe algo que nos puede ayudar —el rostro de Sophia se mostró decidido, sin lugar a cuestionamiento alguno.

—De acuerdo, solo recuerda que estamos bajo un enorme bloque de hielo. Lo que tratemos de hacer, debe considerar nuestra salida —Aarón sabía que esa parte del plan no estaba proyectada por Sophia.

—Nunca dije que saldríamos de aquí a escribir un libro sobre nuestras aventuras en este continente… pero ¡solo piensa en lo grandioso que será ese momento! Creo que nuestro café deberá esperar para otra vida.

Sophia lo miró y caminó hacia él, aproximó su rostro con suavidad, cerró sus ojos y lo besó suavemente, mientras una furiosa lágrima rodaba por su mejilla. Su beso vibraba con ecos de un adiós, eran letanías de dolor.

…|M|…

Antonia se encontraba nuevamente al borde de aquel lago que tantas veces visitó en sus sueños, esta vez acompañada de Lars, quien, a su costado, disfrutaba de la vista y dibujaba una pequeña sonrisa en su rostro luminoso.

—¿Alguna vez te has preguntado por qué siempre recurres a
este espacio construido en tu mente, a qué plano de la existencia pertenece o quién te entregó con tanto detalle su entorno?
—Lars finalizó sus palabras sin apartar su vista del horizonte
que se posaba sobre las eternas bóvedas de árboles musgosos
incrustados en las montañas.

—Creo que es un escenario desarrollado desde mi infancia,
un lugar que me protegía de todo aquello que me lastimaba.
Pero nunca descifré cómo accedí a él —la voz de Antonia recla-
maba suavemente en su tono su vida pasada.

En el lugar, una enorme tormenta se divisaba postrada en
el horizonte, inundando aquel cielo de un color grisáceo. Cada
vez, las nubes se veían con mayor convulsión, y su avance era
muy rápido. Rayos de energía color verdusco escapaban debajo
del bloque de nubes, que ya se encontraba sobre el lago, a no
más de quinientos metros de distancia de ambos observadores.
Suavemente, una estructura negra con relieves de cortes drásti-
cos comenzó a descender y a abandonar las nubes tras de sí; su
figura total era enorme, siendo más ancha en su extremo posterior y afilada en lo que parecía ser su punto de inicio. Lo que a
esas alturas era claramente una nave comenzó a levitar sobre la
superficie del lago, y emitía ráfagas de energía envolvente, sobre todo su fuselaje oscuro. Avanzó dócilmente sobre el agua,
hasta sobrepasar ambos testigos de aquella imagen imponente
y majestuosa, casi presumiendo sus enormes dimensiones.

La nave detuvo su avance a varios metros de distancia, en
una superficie sólida bordada por yerba que se escarpaba con
la energía que emitía la misma. Una parte de la estructura dejó
ver un halo de luz verdusco y eléctrico desde el interior, mostrando una silueta que avanzaba hacia el piso. Antonia no pudo
distinguir si existía alguna escalera o algo parecido que permitiera la salida de aquella figura, la luz era demasiado potente
para ver toda la silueta de la estructura. Otra figura apareció
acompañando al primer pasajero. Sus cuerpos, según se veía,
eran bastante altos y atléticos, no distintos a los de los huma-

nos, eso sí, con mayor definición en su musculatura. Sus cabezas ostentaban largas trenzas de cabellera, que fácilmente llegaban a sus cinturas, y su vestimenta era muy ajustada, de color oscuro, el cual contrastaba con sus cabellos de color cano. Sus rostros eran luminosos, confundidos entre la claridad que emitían, dificultando ver sus rasgos.

Las dos figuras se dirigieron directamente hacia Antonia y Lars, en pocos segundos se encontraban a escasos centímetros de ambos, sin emitir palabra alguna.

—Custodios, sean aventurados en su llegada a nuestro plano —fueron las palabras que Lars mencionó solemnemente en rigurosa lengua con tintes chamánicos. Antonia no gesticuló movimiento en su rostro, solo sus pupilas se expandieron, evidenciando estar alerta ante lo que veía, luchando intensamente con sus instintos, que le indicaban estar en peligro—. El bucle de tiempo ha soportado bien la resistencia de la portadora, y su energía no ha sido un problema hasta ahora —al terminar sus palabras, Lars sintió la mirada furtiva de Antonia sobre su rostro. Ella por fin había entendido lo que ocurría: la estaban entregando a esos dos seres, que debían ser del mismo plano dimensional que el de los portadores originales de sus genes.

...|M|...

Roland dispuso su arma de forma propicia para asegurar su disparo, conjurándose no fallar. Mientras tanto, la ventisca de nieve azotaba con furia los cuerpos de los soldados que lo acompañaban, dificultando su espera para enfrentar a sus adversarios de turno. Estos se movían con velocidad sobre sus vehículos orugas, tratando de investir todo a su paso, creando una estela de nieve enorme, que rasgaba las ráfagas de viento que salían a su paso. Karol estaba decido a desmantelar las estrategias y conspiraciones que el agente pudiera estar disponiendo para escapar del continente.

Una explosión anticipó la llegada de Karol y sus hombres, destruyendo uno de los vehículos, despedazando los cuerpos de los soldados y tiñendo con sangre la nieve que rodeaba sus restos. Otra explosión siguió, sin dar alcance a ninguno de los dos vehículos que seguían en su marcha. Karol abrió fuego, sabiendo que por la distancia no podría provocar daño a los hombres que lo esperaban al costado del submarino, pero insistió con ira y determinación. Otra explosión destruyó el vehículo de su izquierda, ya solo quedaba él y el soldado que lo acompañaba.

Roland miró hacia su costado y divisó otro submarino apostado a un costado de la nave rusa, pero este era uno norteamericano. Ellos habían provocado las explosiones, con dos cañones sobre la cubierta de la nave. Al voltear su cabeza, observó cómo sus aliados rusos lo miraban y se disponían a disuadir a la embarcación que recientemente los acompañaba.

—¡Prekratite, Prekratite! —fueron las palabras, con extraño acento ruso, que emitió el agente entre gemidos de desesperación.

Los soldados evidenciaban confusión en sus rostros. En segundos, una explosión volvió a sacudir el suelo, esta vez al costado de la embarcación rusa, irradiando la muerte de todos quienes se encontraban en sus inmediaciones. Boca abajo, el agente apenas lograba mover su cuerpo, tratando de incorporarse con la vista nublada y un mudo ambiente rodeándolo. En los minutos venideros, un pie logró voltearlo con fuerza hacia arriba. La figura era la de un agente que emergió del navío americano. Susurró algo que no pudo distinguir Roland, pero el calor intenso en su pecho fue dulce y abrasador. La bala lo invadió con muerte rápidamente, y su último latido se sintió de forma fugaz en su mente, dando paso a la oscuridad absoluta.

...|м|...

—Las estructuras han sido activadas y la portadora se encuentra entre ellas. Ha cumplido con su misión —fueron las palabras de Karol hacia el agente norteamericano.

—Ya está iniciado, tal cual fue previsto. Es cosa de tiempo para acceder al conocimiento y trascender, tal cual fue prometido. ¿El almirante sobrevivió, Karol?

—No lo tengo claro, ocurrió una gran explosión en el laboratorio y abrió el casquete superior del témpano —Karol dirigió su mirada fija hacia el agente y continuó—: Señor ¿y si nos hemos equivocado y esto no es lo que creíamos? ¿Hay posibilidad de extinción de nuestra raza? Escuché a la doctora decir esas palabras un par de veces.

—¡No seas iluso, Karol! Ninguna raza inteligente extingue a otra, siempre debe haber alguien que les sirva y haga el trabajo que ellos no quieren realizar.

Las palabras del agente Frank sonaron oscuras y perversas en los oídos de Karol, quien solo bajó la mirada, sin decir nada.

...|м|...

Las piedrecillas alrededor de Antonia levitaban suavemente, sin apartarse demasiado del suelo. Sus ojos brillaban oscuros y las manos se encontraban listas para atacar, junto a sus garras negras, mostrando un filo desafiante. Su cuerpo se encontraba preparado para reaccionar ante cualquier movimiento de los seres frente ella. En su mente divagaban sombras que le indicaban el peligro, y una extraña sensación ya olvidada por ella hacía mucho tiempo.

—¡Miedo! Lo que sientes es miedo, Antonia, y es la prueba de que ya estás contaminada con tu genética impura. No puedes concluir lo que se te ha encomendado, aquí termina tu razón de ser, solo debes entregar tu existencia a ellos —la voz de Lars contenía seguridad—. No debes resistir más, tus creadores han fracasado, nosotros tomaremos su lugar y prepararemos el camino del hombre, tal cual fue previsto por los custodios primeros. El espectro de la raza humana debe crecer o extinguirse, todo en su tiempo. Y, sea cual sea su avance o la dirección que tome este, el plantea ya no será su hogar, porque es reclamado por ellos, y créeme que tu bando no es quien dominará este plano.

Los dos seres no expresaron movimiento en sus posturas iniciales, solo atestiguaban con su presencia las palabras de Lars.

Antonia avanzó rápidamente sobre uno de ellos, pero fue detenida por el brazo extendido del ente y elevada suavemente desde el piso; enroscó sus dedos con fuerza sobre el cuello de la portadora, su mirada demostraba desprecio sobre ella y, con un movimiento veloz, la azotó sobre las piedrecillas, cayendo boca abajo. Antonia, aturdida, respiraba fuertemente y miró sobre el piso su propia sangre al tratar de incorporarse, pero un peso sobre su espalda se lo impidió. Era el pie del otro pasajero, que la obligó a besar el suelo con su rostro. Estaba inmovilizada y no podía creer que nada pudiera hacer ante ellos.

—No te resistas a lo que debe suceder. Tus genes mestizos han confundido la razón, tu extinción es inevitable. ¡Pereces aquí, junto a nosotros, o en nuestro plano ante los maestros, que quieren conocerte para saber si les serás útil en algo!— la voz del custodio resopló en su mente con ecos angustiantes, disfrazados de azotes en sus oídos.

Antonia sintió dolor en todo su cuerpo, pensó que se desintegraría, un calor la carcomía y esa energía emanaba desde el piso. Miles de imágenes avanzaban en su mente, rostros de su infancia, los ojos de su directora, la voz de Carlos llamándola siempre para que lo esperara. Creyó escuchar una voz femenina que susurraba suaves melodías en sus oídos, aunque no pudo descifrar de quién era, pero la calmaban. Cerró sus ojos, entregó su ser al tiempo, decidió que ya no había nada más para ella en este plano o en ningún otro. Abandonaba toda resistencia, no quería ser parte de nada y pertenecer solo a sí misma. Desaparecer no podía ser tan malo, porque no habría dolor, angustia o miedo, solo oscuridad.

El dolor se expandió por todas partes y una gran luminosidad inundó toda imagen, desapareciendo todo lo que la rodeaba, una ráfaga de energía sobrepasó su cuerpo. Ya no había sonidos, el tiempo transcurrió etéreo y sin dirección, los sentidos abandonaron el espacio y las texturas desaparecieron a su tacto; el piso ya no existía más, extraña sensación, pensó, calma absoluta de su ser. No podía estar muerta, pero tampoco tenía certeza de su existencia física. Miles de agujas traspasaron su mente, y un ruido la invadió, aturdiendo su razonamiento, extinguiendo sus sensaciones. En un fragmento de segundo comprendió lo que era valioso y el destino de su sangre. En un fragmento, dejó de existir en este plano, sin lágrimas, sin un adiós.

$$\dots |\mathsf{M}| \dots$$

Un enorme fulgor de luz emanó desde el techo del laboratorio en dirección hacia el espacio, logró inundar con su luminosidad todo el continente blanco, creando una onda expansiva que conmovió a todo ser vivo en miles de kilómetros a la redonda. Fueron fragmentos de segundos en que el tiempo relativizó todo. El espacio comprimió sus dimensiones y expandió a la vez la materia. Nada se escuchó después de ese enorme sonido destructor, la luminiscencia contrajo la oscuridad en su totalidad, y un polvillo blanco avanzó con decidida furia. Ventiscas de nieve, confundidas con aire de color grisáceo, demolieron todo lo medianamente cerca en la superficie del continente. El halo de luz se fue transformando en un hilo débil, casi imperceptible al ojo humano, y la oscuridad devoró la existencia en todo el plano de la raza humana. Ya no existían estrellas ni cielo que las contuviera, la luna perdió su reflejo y el sol no se vio más. El frío se apoderó, no solo de los polos, también abrazó toda la superficie, siempre acompañado del susurro de sus ventiscas, que adormecían los sentidos de quien las escuchaba. Desapareció o se extinguió la mitad de la población humana, y perecieron muchos animales. La oscuridad era absoluta, todo era invierno profundo, frío y desesperación en el plantea. Las luces eran tenues y el flujo de las aguas disminuyó en sus caudales, el océano inundó grandes extensiones de suelo, ocupando ciudades enteras bajo su manto. Ya no se diferenciaba el día de la noche, pues el sol simplemente ya no estaba, o eso parecía. Los satélites dejaron de funcionar y la tecnología humana retrocedió siglos en su operatividad. La civilización estaba en jaque y nadie sabía muy bien qué había ocurrido... salvo el agente Frank, que creía intuir lo que había sucedido y trataba desesperadamente de comunicarse con alguien fuera de su submarino norteamericano nuclear con autonomía energética.

Y todo ello ocurrió en segundos, minutos, horas y días, hasta hoy.

...|M|...

ASCENDER

Sophia buscó los explosivos en la armería que nunca visitó durante todo el tiempo que llevaba en la base. En su mente jugaban los recuerdos de su niñez junto a su padre, y la búsqueda desesperada de algo que le ayudara a destruir las estructuras alienígenas. Despreciaba la ironía de haber descubierto algo que podría cambiar la dirección de la humanidad y tener que destruirlo por el bien de su propia especie. Nada era lógico, no sabía comprender aún por qué lo hacía, quizá se equivocaba. Pero Aarón era confiable, y un científico igual que ella no se podía equivocar tanto.

«Creo que esto servirá», pensó al tomar una caja de metro y medio que decía en su parte superior «misil de mediano alcance, antitanque y portátil», bajo el nombre de «FMG-148 Javelin», impulsado por un lanzacohetes unipersonal. Al terminar de leer sonrió y dijo:

—¡Estos malditos nunca tuvieron la voluntad de hacer un descubrimiento científico para la humanidad: se preparaban para una guerra! ¡Qué idiotas!

Arrastró, de a poco y como podía, la pesada caja por el pasillo de la armería, llegando por fin al ascensor de la plataforma. La separaban 7 pisos hasta el laboratorio donde se encontraban las estructuras. Se asomó por la baranda de observación para ver cómo iba Aarón con los preparativos, y su mirada se mostró confusa al descubrir la figura de él en medio de ambas estructuras, rodeado por la energía. Sus brazos estaban extendidos al máximo posible, y parecían levitar entre ambas torres. Al girar para bajar rápidamente con el arma, se encontró de golpe con Karol, quien estaba solo a un metro de ella. Sophia lo miró y trató de esquivar al soldado, pero este, con un rápido movimiento, la giró y la puso contra la baranda que impedía la caída libre hacia el piso del laboratorio. El cuerpo de la científica quedó casi por la mitad expuesto sobre la baranda. Sus ojos demostraban miedo y desesperación. Un grito con fuerza fue lo único que pudo hacer, advirtiendo a Aarón de la presencia del soldado.

—¡Aarón, ayúdame! ¡Destruye las torres! No estamos solos.

El soldado miró hacia abajo por el costado de la plataforma y vio cómo el científico levantaba su cabeza en su dirección. Los ojos de Aarón estaban completamente oscurecidos, descifrando un rosto casi fantasmal a la distancia. Una aureola verdusca rodeaba su cuerpo, impulsando una gran carga de energía hacia arriba. Esta movió los cabellos de Sophia, que caían por su rostro, el cual contemplaba desesperadamente la situación. La onda traspasó el techo destruido del laboratorio sin provocar daño.

—Debes soltarme, soldado. Entiende que en nuestras manos está la sobrevivencia de nuestra especie. Tenemos que destruir estas torres antes de que sea demasiado tarde —al finalizar sus palabras, sollozando, susurró entre lágrimas—: ¿No entiendes que a todos nos pasará lo mismo que a Aarón?

Karol la levantó y giró rápidamente, quedando frente a sus ojos. Respiró fuertemente y maldijo en ruso:

—Yebat' —soltó los brazos de la doctora y le preguntó—: ¿Usted sabe disparar esta cosa?

No la dejó responder, y se adelantó hacia la caja, levantándola con gran fuerza. Giró hacia atrás su cabeza y le dijo:

—¡Ese es mi trabajo! ¡Yo ejecutaré el disparo!

La imagen desde el nivel de piso del laboratorio sorprendió a Karol, y observó en silencio el cuerpo del almirante, plantado al piso por la estalactita. En cambio, Sophia solo centró su vista en Aarón, quien aún miraba hacia arriba. Su cuerpo parecía un poco más estilizado que antes, y el campo de energía lo rodeaba con mayor fuerza, dificultando visualizar su imagen con claridad. Sophia sintió un sabor amargo, su pecho se estrechó, anunciando un dolor indescriptible. No lo quería dejar. Descubrió que lo seguiría, porque lo necesitaba más que a nada en esos momentos.

—¡Aarón, no te abandonaré! Aún me debes ese beso de vuelta, y este descubrimiento es de ambos, no te llevarás el crédito solo tú.

Esas fueron las palabras de Sophia, que rebotaron en su mente. Caminó decididamente hacia él, hipnotizada por el reflejo de la imagen. Suavemente, ingresó a la capsula de energía que rodeaba a Aarón, lo abrazó por la cintura con ternura y, sin temor alguno, estrechó su cuerpo al de él, depositando su cabeza en su pecho. El científico bajó su mirada, y sus ojos, que eran oscuros, por unos segundos reflejaron el rostro de Sophia en ellos. Aarón bajó sus brazos y acarició el rostro de ella con suavidad. Su boca esbozó una sonrisa y la besó.

Karol configuró el lanzacohetes directamente hacia el punto central de las estructuras, el cual daba el impulso al bucle de energía que sostenía a ambas torres, junto a Lars con Antonia. Tomó posición y, un segundo antes de apretar el gatillo, miró por el rabo de su ojo izquierdo la figura de Sophia y Aarón. Sonrió y dijo:

—Espero que tengas razón, doctora.

Una gran detonación rodeó el laboratorio y, en fragmentos de segundos, el tiempo se contrajo y expandió una gran energía hacia el cielo. La luminosidad absorbió todo, la figura de Aarón y Sophia se difuminó, se creó un campo de energía de kilómetros, aniquilando toda vida en kilómetros a la redonda. Un enorme bloque de luz invadió el continente helado, contrayéndose en segundos, vencido por una oscuridad absoluta y perpetua a todo cuanto estaba alrededor. El planeta fue absorbido en penumbras glaciales.

...|M|...

El rostro de Aarón sintió la humedad del piso. Trató de girar su cuerpo boca arriba, lográndolo con dificultad. Se sentía aturdido, su visión era borrosa y su entorno un charco de agua viscosa. Se incorporó con mucho dolor, miró sus brazos y distinguió un líquido oscuro en ellos. Parecía sangre, pero no del color que él la conocía. Trató de abrir mejor sus ojos, solo divisaba oscuridad y bruma acompañada de figuras difusas. Miró hacia arriba, creyó ver el sol de un color rojizo muy tenue y, más allá, un agujero negro que lo devoraba. La imagen era abrumadora. La oscuridad emitía un frío absoluto, casi al punto del congelamiento. Buscó con su mirada rápidamente a Sophia, y solo descubrió en el horizonte, a la distancia, luces tenues de lo que parecían ser estructuras sólidas con algo de luminosidad. Pronto descubrió que se encontraba en un montículo rodeado de agua negra que inundaba grandes extensiones, hasta el horizonte de su vista. Pensó con angustia «esto no es la tierra, o por lo menos la que yo conozco». Siguió buscando con su vista a Sophia, y gritó su nombre desgarradoramente:

—¡Sophia!

Fin

ÚLTIMOS TÍTULOS PUBLICADOS

www.ingramcontent.com/pod-product-compliance
Lightning Source LLC
Chambersburg PA
CBHW022133150726

47992CB00002B/570